J'Accuse…!

La Vérité en marche

Historiques-Politiques

Emile Zola

J'Accuse…!

La Vérité en marche

*Présentation
de
Henri Guillemin*

Historiques-Politiques

EDITIONS
COMPLEXE

Sommaire

Préface par Henri Guillemin 9

La vérité en marche 31

Préface de l'auteur 33
M. Scheurer-Kestner 37
Le Syndicat 45
Procès-verbal 55
Lettre à la Jeunesse 65
Lettre à la France 79
Lettre à M. Félix Faure, Président de la République
   (*J'accuse...!*) 95
Déclaration au Jury 115
Lettre à M. Brisson 129
Justice 143
Le Cinquième Acte 157
Lettre à Madame Alfred Dreyfus 171
Lettre au Sénat 185
Lettre à M. Emile Loubet 205

Annexes

Les Articles de Zola relatifs à l'Affaire Dreyfus
   non réunis dans *La Vérité en Marche* 227
  I Réponse à l'Assignation,
    Lettre à Monsieur le Ministre de la Guerre 229
  II Une Nouvelle Ignominie 235

par Henri Guillemin

Avant de regarder Zola s'engager dans l'Affaire et s'y battre comme il ne s'est jamais battu, sans doute est-il nécessaire de rappeler brièvement ce qu'elle était, cette affaire, et comment elle se présentait lorsque Zola va s'en mêler.

Dans les derniers jours de septembre 1894, le Service français des renseignements fait état d'une pièce, assez terrible en effet, et qui sort, paraît-il, de l'ambassade d'Allemagne à Paris. Elle y a été puisée par un agent français (une femme de charge, rétribuée pour cet office) dans la corbeille à papiers de l'attaché militaire, von Schwartzkoppen. C'est une lettre non datée, non signée, adressée par un inconnu à ce personnage et énumérant (d'où le nom qu'on lui donnera : le « bordereau ») des fournitures qu'accompagnait la missive. Ces fournitures concernent la défense nationale française. Il s'agit donc là d'un document d'espionnage, probablement d'une trahison ; car, ces secrets livrés à l'Allemagne, seul un Français bien placé, un officier très probablement, est en mesure de les connaître. Qui est le « traître » ?

Sur le vu d'une photographie de cette pièce, un membre des services de l'état-major, le lieutenant-colonel d'Aboville, déclare, le 6 octobre 1894, qu'il reconnaît l'écriture : c'est celle d'un officier d'artillerie, le capitaine Alfred Dreyfus, lequel, au printemps, a fait un stage à l'état-major.

Avec un singulier empressement, et en dépit d'une expertise demandée au meilleur spécialiste, Gobert, expert de la Banque de France, qui s'est montré fort sceptique quant à l'attribution du « bordereau » au capitaine Dreyfus, le général Mercier, ministre de la Guerre, décide l'arrestation du capitaine et sa mise en jugement. Le procès a lieu, fin décembre 1894. Le commandant Henry, du S.R., a affirmé la culpabilité de Dreyfus : « *Le traître que nous recherchions, c'est lui ! Je le jure !* » Toutefois, le ministre, qui s'inquiète et redoute un acquittement (car l'acte d'accusation est, en fait, dépourvu de preuves) communique aux juges militaires — les débats étant terminés et à l'insu de l'accusé et de son défenseur, ce qui constitue très littéralement une forfaiture — un « *dossier secret* » contenant une pièce, de la main de Schwartzkoppen et parlant de « *ce canaille* [sic] *de D* ». D majuscule ; pas davantage. Mais les juges sont tacitement invités par leur supérieur hiérarchique à lire, sous cette initiale, le nom complet de « Dreyfus ». C'est la pièce — la preuve — qui manque au réquisitoire.

Le capitaine Dreyfus, le 22 décembre 1894, est alors reconnu coupable et condamné à la dégradation militaire et à la déportation à vie, dans une enceinte fortifiée. Dreyfus sera dégradé, le 5 janvier 1895, dans la cour de l'Ecole militaire et expédié, pour la fin de ses jours, au bagne de l'île du Diable.

En avril de l'année suivante, 1896, le nouveau chef du S.R., lieutenant-colonel Picquart, a sous les yeux un « pneumatique » (on disait alors un « petit bleu ») que Schwartzkoppen destinait à un commandant français d'infanterie, le commandant Esterhazy. Le texte de ce message est étrange, alarmant. Picquart fait procéder à une enquête sur Esterhazy, constate que l'individu est taré, malpropre, perdu de dettes, sans cesse aux abois, puis, s'étant procuré de son écriture, s'aperçoit que c'est, de toute évidence, l'écriture même du « bordereau ». Ainsi l'homme qui, depuis plus d'un an, gît à l'île du Diable, est un innocent.

Picquart hésite, trois mois durant, à parler. Il s'ouvre enfin, au mois d'août, à ses chefs (le général de Boisdeffre, chef de l'état-major général, et le général Gonse, sous-chef) de ce qu'il a découvert. Il craignait leur réaction et n'avait pas tort. L'un comme l'autre s'opposent absolument à la manifestation de la vérité ; pour eux, la question Dreyfus ne doit pas être posée ; Dreyfus demeurera « coupable » et restera au bagne.

Cependant, dépossédé sans bruit mais effectivement de ses fonctions, sachant qu'on lui en veut, en haut lieu, de sa découverte, et craignant le pire pour sa propre carrière, Picquart, après des mois et des mois du plus prudent silence, mais dans l'effroi de ce qui semble se préparer contre lui à l'état-major, Picquart (que l'on avait « exilé » en Tunisie) demande, en juin 1897, une permission. Il se rend à Paris et, à toutes fins utiles, met un avocat, Mᵉ Leblois, au courant de ce qu'il sait et des menaces qui pèsent sur lui. Il a enjoint à Leblois de se taire ; il lui a même expressément interdit de révéler à quiconque ce qu'il lui a appris sur l'innocence de Dreyfus ; sa démarche auprès de l'avocat (21 juin 1897) n'avait pour objet, pour objet exclusif, que d'armer Leblois en sa faveur, au cas où quelque fâcheuse entreprise serait dirigée contre lui-même, Picquart, du côté des chefs de l'armée.

Leblois désobéit. Bouleversé à la pensée du sort qu'un innocent endure depuis déjà trente mois, il se détermine à tout faire pour sauver et réhabiliter ce malheureux dont le seul tort est d'être juif, et qui paie le crime commis par un autre, le crapuleux Esterhazy. Leblois demande, et obtient aussitôt, le concours d'un des vice-présidents du Sénat, Scheurer-Kestner, Alsacien comme Dreyfus et patriote comme lui. Tous deux constituent un dossier, dont l'essentiel est formé par des lettres d'Esterhazy qui, rapprochées d'une photographie du « bordereau », établissent sans l'ombre d'une hésitation possible que ledit « bordereau » est l'œuvre du commandant.

En vain Scheurer-Kestner est allé trouver le nouveau ministre de la Guerre, général Billot, qu'il tutoie et avec lequel il est lié depuis l'enfance. Il lui a remontré que, dans l'intérêt même de l'armée, une révision du procès de 1894 est nécessaire ; on reconnaîtra que le Conseil de guerre s'est trompé de bonne foi, et Esterhazy prendra, au bagne, comme il sied, la place de Dreyfus. Billot avoue à Scheurer qu'il n'aura jamais, pour ce faire, l'accord de Boisdeffre. Après une longue patience mêlée d'espérances illusoires, Scheurer-Kestner se résigne à porter l'affaire devant le public. Et l'affaire Dreyfus proprement dite éclate le 15 novembre 1897, Esterhazy étant nommément et publiquement désigné, ce jour-là, à l'opinion, à l'état-major et à la présidence de la République comme le coupable qui doit, au plus tôt, remplacer à l'île du Diable le capitaine innocent.

C'est alors que Scheurer-Kestner et le petit groupe qui s'est réuni autour de lui s'adressent à Zola, comme à d'autres personnalités françaises, pour qu'il s'associe à cette œuvre de justice indispensable et d'une urgence criante.

Si le noyau de ceux qu'on appellera bientôt les « dreyfu-sards » a songé particulièrement à Zola, c'est que l'écrivain, l'année précédente, dans le *Figaro* du 16 mai 1896, avait publié un article intitulé « Pour les juifs » et dans lequel il dénonçait l'imbécillité et la honte de l'antisémitisme, où s'illustrait un Drumont, par exemple, avec sa *Libre Parole*.

Zola, cependant, n'a pas de goût pour la bagarre. Il n'est plus, en 1897, le jeune homme d'autrefois qui cherchait le bruit dans sa défense des impressionnistes, avec *Mon Salon* et *Mes Haines*. Il a cinquante-sept ans ; c'est un monsieur installé maintenant, et candidat à un fauteuil académique ; il attacherait beaucoup de prix, vraiment beaucoup, à cette consécration qui ferait de lui, après tant de querelles autour de son nom, et après les insultes que lui ont values *Nana*, *Germinal* et, davantage encore, *La Terre*, un indiscutable, un admis chez les gens de bien, un membre de l'Académie française. Quelle revanche ! Ses chances augmentent, d'élec-tion en élection ; le nombre de ses « amis » s'accroît, dans la confrérie majestueuse ; et Edmond de Goncourt en blêmit de rage. E. Renan, qui exécrait Zola, faisait barrage, hier. Malheureusement le grand penseur a disparu... Zola avouera plus tard, en toute honnêteté, à Reinach, que, s'il avait « été dans un livre » — c'est-à-dire en plein travail de création — lorsque Marcel Prévost est venu le trouver pour lui deman-der son appui en faveur de Dreyfus, pas sûr, pas trop sûr, non, qu'il aurait accepté. Mais, à l'automne de 1897, il a terminé sa trilogie : *Lourdes, Rome, Paris* (*Paris* va s'impri-mer cet hiver) et il ne sait pas encore à quel nouveau livre il va bien pouvoir s'atteler. Il est vacant. Il est disponible. Il va donc dire oui à Marcel Prévost.

Le procès du capitaine, en 1894, s'était déroulé sans retenir l'attention du romancier. Le 5 janvier 1895, jour de la dégradation, Zola déjeunait chez Daudet, et il avait entendu Léon, le fils, qui avait assisté à la cérémonie, la lui raconter en détail. L'idée lui était même venue d'utiliser « cette scène affreuse dans un roman » ; mais pas une seconde la pensée ne l'avait effleuré qu'il s'agissait peut-être d'une erreur judiciaire. Un Conseil de guerre ne saurait agir à la légère. Zola avait, sur ce point, la même naïveté crédule que l'unanimité, en somme, des Français. Mais les documents qu'on lui met à présent sous les yeux sont clairs, ils sont même irrésistibles ; Esterhazy est l'auteur du « bordereau ». Pas de question ; il faut contraindre l'état-major — je sais que ce n'est pas gai pour lui ; « l'esprit de corps » est en jeu — à reconnaître l'erreur commise et à la réparer sans retard. Telles que se présentent les choses, d'ailleurs, le problème n'est pas compliqué ; l'évidence est là ; l'écriture du « bordereau » est celle d'Esterhazy, pas besoin d'expertise ; regardez, simplement, et vous verrez. Le drame, par conséquent, ne sera pas long : Esterhazy passera en jugement ; et il ne peut pas ne pas être condamné. Tout sera réglé en quelques semaines.

C'est dans ces dispositions que Zola mène sa petite campagne. Sans fièvre, sans violence, dans la tranquille conviction que tout ira vite et que le succès est assuré. Comment en pourrait-il être autrement ? Il n'y a pas seulement l'écriture du commandant, il y a cette lettre, inouïe et incontestable, d'Esterhazy qu'une ancienne maîtresse du personnage (Mme de Boulancy ; Esterhazy lui avait jadis escroqué 30 000 francs) a procurée au *Figaro,* qui l'a reproduite en fac-similé, à côté du « bordereau ». L'épître était aussitôt devenue célèbre sous le nom de « Lettre du uhlan » ; « *Si, ce soir*, écrivait là Esterhazy, *on venait me dire que je serais tué, demain, comme capitaine de uhlans en sabrant des Français, je serais parfaitement heureux* ». Les nationalistes n'entendent pas admettre que l'armée ait pu se tromper, et l'état-major a ses raisons pour s'obstiner, en dépit de tout, à refuser tout réexamen du cas de Dreyfus. La droite a inventé l'existence d'un « syndicat » juif international, doté de capitaux énormes et, cela va de soi, surtout d'origine allemande, qui se serait constitué dans l'ombre pour décrier l'armée française et arracher au juste châtiment qu'il subit l'israélite criminel. Zola ne prend pas ces fantaisies au tragique. Il a d'abord donné au *Figaro* un article sur « Scheurer-Kestner », pour expliquer aux lecteurs que si un homme aussi calme et sage que Scheurer, et aussi ardemment français (Scheurer-Kestner avait été, en 1871, l'un des « députés protestataires » d'Alsace-Lorraine à l'Assemblée nationale), s'engageait en faveur de Dreyfus, c'est que la cause était bonne, que le dossier était solide, et personne, au surplus, ne pouvait soupçonner ce vice-président du Sénat, un homme de paix, d'arrière-pensées maléfiques. Puis (le 1ᵉʳ décembre) Zola s'est amusé du « *syndicat* » ; bien sûr qu'il existe, ce « syndicat », mais ce n'est pas le fantôme et le monstre de toutes pièces fabriqué par les antisémites ; c'est le syndicat « *des hommes de bonne volonté* » ; « *j'en suis et j'espère bien que tous les braves gens de France vont en être* ». Et, du même ton tranquille, quoiqu'un peu plus vif déjà, « Procès-Verbal », le 5 décembre.

Mais les fureurs se déploient, et Zola doit bien constater que la vérité est le moindre souci des partisans de l'état-major. D'où ses deux textes, pleins d'un frémissement : *Lettre à la Jeunesse,* 14 décembre 1897, *Lettre à la France,* 6 janvier 1898. Zola était loin, tout de même, de s'attendre à ce qui va se passer le 11 janvier. Esterhazy, dont tous les pas, toutes les démarches sont guidés par Henry et par du Paty de Clam, agissant au mieux des intérêts militaires, Esterhazy a réclamé lui-même sa mise en jugement. Le général de Pellieux lui a fait savoir qu'il n'avait rien à redouter, et les délégués de l'état-major lui ont remontré que, dénoncé comme il l'est, il n'aura de sécurité qu'après une sentence qui le couvrira de manière absolue ; « res judicata pro veritate habetur ». Acquitté par le Conseil de guerre (qu'il ne craigne rien, il le sera, acquitté ; il y a toujours des « experts » dociles, même en face de l'évidence), il se trouvera dès lors à l'abri de tout inconvénient. Et ce qui paraissait inconcevable, c'est cela même qui s'accomplit. Il avait fallu quatre jours, en 1894, pour déclarer coupable, sans preuves, l'innocent Dreyfus ; il ne faudra pas quarante-huit heures au nouveau tribunal militaire, et en dépit des preuves les plus accablantes, pour déclarer innocent Esterhazy le criminel.

Cette fois, ce 11 janvier 1898 au soir, lorsqu'il apprend la prodigieuse sentence d'acquittement, Zola a été secoué jusqu'à ses racines. Une espèce de tocsin a sonné en lui.

Barrès va s'évertuer à prétendre que l'affaire Dreyfus est misérable ; une « historiette », dit-il, à peine susceptible de cet « intérêt grossier » qu'on porte à un « roman-feuilleton »[1]. Ce n'est pas l'avis de Zola. Comme il l'écrira en 1902 dans son roman Vérité, l'affaire Dreyfus, c'est « l'histoire d'un Juif crucifié ». Dieu sait pourtant s'il s'est tenu, jusqu'ici, soigneusement à l'écart de la politique. Après l'Assommoir, il s'était défendu d'être un réformateur. « Je verba-

---

[1] Barrès, Cahiers, II, 116.

lise seulement », déclarait-il ; il s'interdisait de « *conclure* » ; « *la conclusion échappe à l'artiste* » et ne le regarde pas. Avec *Germinal,* une imprudence ; parce que le sujet l'a trop empoigné, parce qu'il est allé voir sur place les mineurs, il s'est compromis jusqu'à dire, à voix haute : c'est vrai, ce que j'ai voulu, c'est de pousser « *un tel cri* » que ces pauvres gens, ces travailleurs, la France, quoi, cessent de « *se laisser dévorer* » ; puis, comme s'il avait pris peur devant sa propre audace, coup sur coup, apparaissent dans *La Terre* et dans *La Débâcle,* deux hommes expressément désignés par lui, l'un et l'autre, comme des « *socialistes* », Canon et Chouteau, et qu'il a peints, l'un et l'autre, répugnants. Il a même, dans *La Débâcle,* approuvé les Versaillais de 1871, n'hésitant point à écrire que leur victoire, leur atroce victoire sur les communards, ce n'était pas autre chose que « *la partie saine de la France, la raisonnable, la pondérée, la paysanne* » supprimant « *la partie folle* [...], *détraquée de rêveries et de jouissances* ». On peut se demander si le triste appétit de Zola en direction du déguisement académique n'était pas lié, hélas, quelque peu, à de pareils propos. Mais il importe d'ajouter que ce *Paris* qu'il venait d'achever, le 31 août 1897, était comme un repentir de sa *Débâcle* de 1892, car l'exploitation bourgeoise y était dénudée, et en des termes mal faits pour plaire aux gens du monde.

L'affaire Esterhazy-Dreyfus soulève de telles passions que s'y lancer à présent, c'est se précipiter dans une mêlée sauvage. Et le tempérament de Zola ne le prédispose guère à affronter un tel tumulte. Si cet écrivain est fort, la plume à la main, dans la discussion orale il manque de sang-froid et de présence d'esprit. En outre, il est dépourvu tout à fait de qualités oratoires. Président de la Société des gens de lettres, ses discours constituaient une sorte d'attraction : il lisait, avec bredouillement et reprises, des feuillets que sa myopie le forçait à tenir presque à ras du nez, et, au cimetière même — dirais-je surtout au cimetière — pour les hommages d'adieu aux collègues défunts, Zola s'octroyait déplorablement des succès de fous rires contenus. L'année précédente même, le docteur Toulouse, « chef de clinique des maladies mentales à la Faculté de médecine de Paris » a publié — avec le courageux accord et une préface du romancier en personne — une étude « *médico-psychologique* » sur son cas ; et chacun a pu y apprendre que Zola, s'il excelle à décrire les foules, les évite, sous l'effet d'une panique dont il n'est pas maître, que l'orage le terrifie, que son « *émotivité* » est « *excessive* », présentant même des aspects « *morbides* », avec « *réactions désordonnées* ».

C'est cet homme-là, cependant, et si bridé qu'il soit par tant de désavantages, d'infirmités et de handicaps, qui va foncer, tête en avant, dans la bataille, au secours de Dreyfus et de la vérité piétinée. Pourquoi le fait-il ? Parce qu'il y a en lui, je le croirais assez, des zones de mauvaise conscience, un trouble et des remords. Les camarades de jadis ont froncé les sourcils à le voir solliciter les suffrages des académiciens, lui qui, en 1879, avait parlé sans indulgence de la trop fameuse compagnie. Il a fait dire à son Souvarine de *Germinal* que les politiciens sont des gens « *qui font carrière avec des phrases* » ; et lui, c'est bien aussi « avec des phrases », des phrases écrites, qu'il a « fait carrière » et qu'il s'est enrichi ; et, de plus, est-ce bien sûr que si ses livres atteignent de tels tirages c'est en raison de ce « *grand souffle marin* » (comme il le disait dans le *Docteur Pascal*) qui les traverse et les soulève ? Ne serait-ce pas, bien plutôt, à cause de ce que l'on appelle leur « hardiesse » et la brutalité de leur réalisme, et de ce sombre goût chez les hommes de la luxure, du sang et de la mort ?

A propos de George Sand, il y a quelque vingt ans, il s'est emporté contre l'adultère ; et toi, depuis dix ans, c'est dans l'adultère que tu vis. J'ai l'impression, et je ne crois pas me tromper, que, prenant le parti qu'il va prendre le 2 janvier 1898, Zola répond à un commandement intérieur. Il faut, il *faut* que Dreyfus, cet innocent, soit réhabilité ; mais c'est une autre réhabilitation, tout bas, que Zola poursuit en même temps : la sienne propre. Parce que ce qu'il va faire lui sera très coûteux : il ne nourrit là-dessus aucune illusion. Eh bien tant pis, ou tant mieux.

L'Académie ? C'est lui-même à l'instant et d'un coup, qui va saborder sa candidature. Il va toucher à l'Arche sainte, à cet état-major, symbole convenu de la patrie, et dont le culte, aux yeux de millions de Français, a remplacé celui du « sacré-cœur » et du pape. La « religion de la patrie », comme disait Jules Ferry, l'inventeur des « bataillons scolaires »... Mais ce n'est pas seulement les portes de l'Académie française qu'il se ferme, délibérément ; c'est l'audience du public qu'il va perdre ; il deviendra le blasphémateur, l'inacceptable, l'intolérable ; et c'est « le public » qui le fait vivre. J'ai dit « vivre », au sens de gagner sa vie ; mais au sens le plus littéral du mot : respirer, exister, survivre, c'est bien aussi ce péril-là qu'il court, le péril de se faire tuer ; car les frénésies meurtrières sont maintenant déchaînées et les cris de mort jaillissent, dans la rue, contre les dreyfusards. Les nationalistes, avouera Daniel Halévy dans son *Péguy* de 1941 (Daniel Halévy, rallié alors au gouvernement de Vichy, n'avait certes rien d'un démagogue), avaient « *fait venir des tueurs d'Alger* ».

Pendant toute la journée du 12 janvier 1898, Zola rédige une *Lettre au Président de la République* ; le texte en doit paraître le lendemain, dans le quotidien de Clemenceau, *L'Aurore*. Clemenceau gardera le titre que Zola a donné à son papier, mais il en fera un surtitre seulement, imprimé en caractères modestes et, en caractères énormes, il intitulera l'article : *J'accuse*.

Péguy dira son admiration pour l'« architecture » de ces pages, et pour leur élan ; il évoquera, à leur propos, *Les Châtiments* de Victor Hugo. Mais Péguy ne semble pas voir qu'il y a cette différence entre *J'accuse* et *Les Châtiments* que *Les Châtiments* sont de la polémique (terrible, et d'une puissante beauté), tandis que *J'accuse* est de la stratégie. Léon Blum l'a parfaitement compris et l'indique dans ses *Souvenirs de l'Affaire,* 1935 ; il s'agissait, dit-il, d'« *ouvrir par effraction le procès public* » de Dreyfus et d'Esterhazy. Et c'était en effet l'intention de Zola. L'idée qu'il a eue, il fallait, pour la concevoir, une intelligence agile et pour la mettre en application, un sérieux courage. Puisque l'acquittement — incroyable, inouï — d'Esterhazy est chose faite, puisque Dreyfus, ainsi, en dépit de toutes les évidences, voit confirmer sa condamnation, puisqu'il est désormais acquis, couru, conclu, définitivement établi que, tant que l'état-major s'arrogera le droit exclusif de « rendre la justice » dans cette affaire, la vérité restera ensevelie, il n'y a plus qu'un seul recours pour sauver l'innocent et confondre les criminels ; c'est de trouver le moyen d'arracher le cas Dreyfus à l'armée et de le porter devant un tribunal civil. On perdra le procès, c'est certain ; du moins n'aura-t-il plus lieu dans la nuit dont s'entoure le tribunal militaire ; il aura lieu publiquement ; aucun huis clos possible. Zola a donc résolu de s'exposer lui-même à des poursuites civiles, de les solliciter, de les provoquer. Il s'offre en holocauste. Il va au-devant des assises. Mais la presse française et internationale sera là ; et s'il est personnellement maladroit dans la parole et habité par un cyclone qui lui ôtera ses moyens au tribunal, ses défenseurs, eux, sauront dire ce qu'il importe de dire, pour faire entendre, ou du moins deviner, ou du moins pressentir à la France et à l'univers qu'un crime a été perpétré, un scandale sans nom, qu'une ignominie a été commise, et que Dreyfus est innocent.

D'où l'article publié par Zola dans *L'Aurore* du 13 janvier 1898 (le journal sera tiré à 300 000 exemplaires) ; agression calculée ; *« j'accuse le général Mercier [...] j'accuse le général Billot [...] j'accuse le général de Boisdeffre et le général Gonse [...] »* etc. Suivait la charge de dynamite : *« En portant ces accusations, je n'ignore pas que je me mets sous le coup des articles 30 et 31 de la loi sur la presse, et c'est volontairement que je le fais. Que l'on me traduise donc en Cour d'assises, et que l'enquête ait lieu au grand jour. »* L'état-major s'évertue à déjouer la manœuvre et tente de dissuader le gouvernement : répondez par le mépris ! pas de procès Zola ! Des naïfs, en revanche, à la façon d'Albert de Mun, exigent que l'« honneur de l'armée » soit vengé et que l'« antipatriote » infâme soit inculpé, condamné, mis au ban de la nation. Boisdeffre croit imaginer une parade en suggérant de ne poursuivre Zola que pour une seule phrase, plus exactement pour deux mots de son article ; l'écrivain n'a-t-il pas osé dire que les membres du Conseil de guerre ont acquitté Esterhazy *« par ordre »*, comme si des juges militaires connaissaient d'autre impératif que celui de leur conscience ! D'une part le président des assises aura mission de couper la parole à quiconque voudra s'écarter de ce sujet étroit et précis, et s'aventurer sur le fond des choses, c'est-à-dire sur l'affaire Dreyfus elle-même. Le procès du romancier s'ouvrira le 7 février 1898 et durera jusqu'au 23.

Alphonse Daudet, qui n'est pas un Zola, qui sait naviguer et qui n'irait point, pour sa part, se risquer à pareille folie, avait vainement essayé de retenir le confrère : Vous allez vous couler, mon bon ! Admonestations superflues. Zola n'ignore rien de ce qui l'attend, et c'est sans surprise qu'il verra, dans la *Revue de Paris*, l'honorable M. Denys Cochin s'indigner devant son inqualifiable attentat. Brunetière, au cours d'un dîner mondain (sont là Paul Hervieu, paléologue, René Bazin, la baronne de Pierrebourg), éclate : le « papier » de Zola est *« un monument de sottise et d'outrecuidance »*. Pour Henri Rochefort, « J'accuse » est *« une bobécherie d'intellectuel en goguette »*, et M. Zola, *« le dindonnant Zola »* avec *« son orgueil maladivement imbécile »* est, à son insu, l'instrument des *« juifs du syndicat »*. Barrès va proclamer : *« Cet homme n'est pas un Français »*, et Sorel ira ricanant : Zola ? L'être *« le plus représentatif de la bouffonnerie de ce temps »* ; *« personnage encombrant »* et *« très petit esprit »* ; un *« clown »*, pas davantage, *« un clown faisant la parade devant une baraque de foire »* ; *« sa déception fut grande lorsqu'il s'aperçut que les tribunaux sont organisés pour juger les criminels et non point pour entendre des dissertations historiques et littéraires »* ; ce grotesque s'imaginait *« que les officiers seraient tenus à venir lui expliquer leur conduite »* ![1]

---

[1] G. *Sorel*, La Révolution dreyfusienne, *pp. 29, 30. Il y a sur G. Sorel une légende intéressée et qui a fait pas mal de dupes (Péguy,*

Sur l'atmosphère dans laquelle se déroula le procès du romancier, les journaux du temps nous renseignent. Voici *L'Echo de Paris*, 8 février 1898, relatant l'arrivée de Zola au Palais de Justice, la veille : « *Une formidable clameur s'élève : — A bas Zola ! A bas les juifs ! [...] Le romancier descend de voiture. Il est voûté, frissonnant, d'une pâleur extrême. Il baisse la tête comme pour s'assurer que le sol ne va pas lui manquer sous le pied.* » Voici *Le Gaulois*, du même jour : « *M. Zola a été reconnu et, aussitôt, une violente clameur part de tous côtés : — A bas Zola ! Vive l'armée !* » Voici *Le Figaro* : « *Les voitures s'arrêtent. De la première descend M. Emile Zola [...] Des cris divers retentissent : — A bas la crapule ! Vive Zola ! A bas Zola ! Ce dernier cri étouffe les autres.* » Le quotidien nationaliste *Le Jour* raconte comme suit ce qu'il nomme *La fuite de M. Zola*, à l'issue de la première audience : « *des escouades d'agents refoulent les curieux ; des cris : — A bas Zola ! s'élèvent [...] Les manifestants se précipitent [...] : plusieurs tendent le poing [...] Au nombre de deux ou trois cents, ils suivent la voiture au pas de gymnastique* ». La même feuille signale également que « *cinq cents jeunes filles de Vienne* » auraient, dit-on, rédigé une « adresse » pour féliciter l'écrivain ; « *Il s'agit, à n'en pas douter,* commente le journal bien-pensant, *des aimables personnes que l'on voit, dès le matin, faire le trottoir, au Graben.* »

Zola n'écrira pas le récit de son procès ; pourtant, il s'était proposé de le faire ; témoin ces notes, de sa main : « *l'assistance ; les avocats par terre ; les dessinateurs ; les têtes à*

---

malheureusement, n'y fut pas étranger.) Je suis heureux d'apporter ici cette citation documentaire qui en dit long sur le personnage.

gifles ; le jury muet, sans une question ; les effets de jour ; les nuages qui passent et assombrissent la salle ; les coups de soleil sur le mur que je regarde, en l'air » ; *« mes réflexions pendant les longues audiences [...] ; les crampes qui me prennent, par moments ; le besoin de marcher [...] L'effet de ces longues séances sans air [...] la sorte de cauchemar qui vous prend [...] les officiers insolents ; la salle faite par les officiers en civil ».* Et, à la fin, *« on embrassait Esterhazy pendant qu'on me huait ».* Il n'a pas été brillant, cet hyper-nerveux, et il a sorti, tout à trac, le 8 février, une déclaration incontrôlée, un propos-gaffe : *« Je ne connais pas la loi, et je ne veux pas la connaître ! »* Le journaliste G. Méry nous a laissé un très précieux enregistrement cinématographique des attitudes de l'inculpé : *« Il mord la pomme de sa canne, se passe la main dans le cou, écarte ou secoue les doigts à la manière des pianistes qui craignent les crampes, essuie son lorgnon, fait danser sa jambe gauche, rajuste son col, regarde en l'air, frise sa moustache, choque ses genoux, secoue la tête, crispe ses narines, se tourne à droite et à gauche. »*

Bien entendu, il sera condamné. Au maximum : un an de prison sans sursis, et 3 000 francs d'amende. Il a perdu, en apparence. Il a gagné, en fait. Son procès a induit l'adversaire en des inadvertances désastreuses. Le général de Pellieux a poussé l'inconscience jusqu'à démasquer à demi — c'était insensé ! — la pièce (fausse) que l'état-major devait au dévouement inconditionnel d'Henry, pièce que l'on savait, bien évidemment, truquée, fictive et nulle, en haut lieu, et qu'il fallait mentionner comme décisive, énorme, écrasante pour Dreyfus, mais sans jamais, au grand jamais, aller plus loin que cette évocation mystérieuse. Irrévélable, le document ! Sa mise au jour entraînerait, entre la France et l'Allemagne, un *casus belli :* Une pièce dont pourraient avoir connaissance, à la rigueur, quelques officiers triés et sûrs, mais qui, en aucun cas, ne peut être livrée au public. La pièce doit rester une ombre formidable brandie à travers un vague rideau de fumée. Et cet imbécile de Pellieux qui bavarde, qui dit, à peu près, de quoi il s'agit ! La bévue est si grave que Boisdeffre, qui avait déjà, contraint et forcé, exécuté à la barre son numéro obligatoire, reparaît, et, pour sauver la situation, se jette dans l'issue du chantage en grand style : Oui, Dreyfus est coupable ! Oui, nous avons la preuve, irréfutable, de sa trahison ; mais je n'en puis rien vous dire ; secret militaire ; secret d'Etat. Un choix s'impose donc à vous : ou vous nous faites confiance et condamnez Zola, ou je m'en vais, ou nous nous en allons tous, nous qui avons la garde de la défense nationale. Démission immédiate, si vous absolvez Zola ; et advienne que pourra, alors, de notre chère et malheureuse patrie ! L'artifice était si lourd, et la comédie si flagrante, que rien ne pouvait servir davantage la cause de l'innocent. C'est autour du « document Pellieux » que tout va se jouer désormais. Les dreyfusards n'auront de cesse que cette pièce, enfin, qui trancherait la question, soit connue. Le ministre de la Guerre, Cavaignac, un civil (quelle funeste erreur !) croira devoir, le 7 juillet 1898, pour « *vider l'abcès* », donner lecture de la pièce secrète, à la tribune de la Chambre. Dans une série d'articles, d'une argumentation serrée et contraignante, Jaurès démontrera l'inanité certaine de la pseudo-preuve, qui ne saurait être qu'un faux. Et, le 30 août 1898, le lieutenant-colonel Henry, sous l'interrogatoire de Cavaignac, s'effondrera, passera aux aveux : c'est vrai, c'est vrai ; cette lettre où Dreyfus est nommément désigné, c'est moi, Henry, qui l'ai forgée, car « *mes chefs étaient inquiets* ». Commencement de la fin. Dreyfus est en chemin vers sa libération.

A qui le doit-il ? A Zola. Sans lui, sans « *J'accuse* », Dreyfus serait mort au bagne.

Zola avait fait appel. Le 18 juillet 1898, il comparaissait de nouveau, mais pour entendre la cour renouveler sa sentence. A l'instigation de Clemenceau (mal inspiré), plutôt que d'aller en prison, comme il le souhaitait, quant à lui, il se réfugia en Angleterre, et y résida près d'un an, ne regagnant la France qu'après la cassation du jugement de 1894 ; et il assiste, déchiré, à la honteuse liquidation de l'Affaire qu'organise le Parti radical, en plein accord avec Galliffet, dont Waldeck-Rousseau a fait son ministre de la Guerre. On condamne, de nouveau, Dreyfus, à Rennes, mais pour la forme. Le capitaine, dix jours plus tard, est gracié. Mesure qui est le prélude au « coup d'éponge » médité, préparé, effectué par le gouvernement et l'état-major, une amnistie générale — et surtout préventive. Ce qui signifie : pas de sanctions ! surtout pas de sanctions ! l'armée est intouchable ; les coupables resteront impunis. Comme l'écrira très bien Julien Benda dans *La Revue Blanche* : on nous aura répété, durant cinq ans, que les généraux étaient insoupçonnables ; on s'empresse, aujourd'hui, de « *les amnistier d'avance* ».

Le romancier ne verra pas la réhabilitation de Dreyfus, qui n'interviendra, grâce à Jaurès et à Emile Combes, qu'en 1906. A cette date, Zola est depuis quatre ans dans la tombe. Il n'aura jamais su le fin mot de l'histoire ; il s'obstinera à prendre Henry pour un traître et Picquart pour un héros ; alors qu'Henry était seulement un sous-ordre exemplaire, sachant Dreyfus innocent, mais ayant pour principe que les chefs ont toujours raison, et qu'un officier soucieux de son avancement ne saurait montrer trop de zèle pour plaire à ses supérieurs ; quant à Picquart, l'antisémite, si sa carrière n'eût pas été cruellement endommagée par son faux pas de 1896, lorsque, après de longues hésitations, il avait révélé à ses chefs le crime d'Esterhazy, le sort du capitaine Dreyfus l'eût toujours laissé parfaitement indifférent. Zola ignorera que toute l'Affaire reposait sur l'épouvante qu'éprouvaient l'état-major et les « honnêtes gens » informés, à la pensée de voir le nom d'un grand personnage militaire (très probablement le « généralisme » Saussier) mêlé à l'aventure si l'immonde Esterhazy n'était pas couvert à tout prix ; d'où la protection écœurée mais vigilante dont l'entoureront les généraux.

Ce n'est pas, ici, ce qui nous intéresse. C'est Zola que nous regarderons. « *L'affaire Dreyfus m'a rendu meilleur* » ; il prononcera ces mots sans élever la voix, mais distinctement. L'Affaire avait été pour lui l'offre de se retrouver, et de s'accomplir ; une offre qu'il n'avait pas repoussée. Son fils Jacques-Emile — dont je salue ici la haute et noble mémoire (et croyez que je pèse mes termes) — m'a dit et redit la conviction où il était que son père, lorsqu'il disparut subitement en 1902, asphyxié dans sa chambre, mourait victime d'un « assassinat ». Je ne saurais me prononcer. Une chose est certaine. La droite haïssait ce combattant, républicain pour de bon ; et l'on savait qu'il écrivait alors un roman sur l'Affaire. Que la droite l'ait fait tuer, je ne vois là rien d'impossible.

Henri Guillemin

La vérité en marche

*La vérité est en marche
et rien ne l'arrêtera.*

PRÉFACE DE L'AUTEUR

Je crois nécessaire de recueillir, dans ce volume, les quelques articles que j'ai publiés sur l'affaire Dreyfus, pendant une période de trois ans, de décembre 1897 à décembre 1900, au fur et à mesure que les événements se sont déroulés. Lorsqu'un écrivain a porté des jugements et pris des responsabilités, dans une affaire de cette gravité et de cette ampleur, le strict devoir est pour lui de mettre sous les yeux du public l'ensemble de son rôle, les documents authentiques, sur lesquels il sera permis seulement de le juger. Et, si justice ne lui est pas rendue aujourd'hui, il pourra dès lors attendre en paix, demain aura tout le dossier qui devra suffire à faire la vérité un jour.

Cependant, je ne me suis pas hâté de publier ce volume. D'abord, je voulais que le dossier fût complet, qu'une période bien nette de l'Affaire se trouvât terminée; et il m'a donc fallu attendre que la loi d'amnistie vînt clore cette période, en guise de dénouement tout au moins temporaire. Ensuite, il me répugnait beaucoup qu'on pût me croire avide d'une publicité ou d'un gain quelconque, dans une question de lutte sociale, où l'homme de lettres, l'homme de métier tenait absolument à ne toucher aucun droit. J'ai refusé toutes les offres, je n'ai écrit ni romans ni drames, et peut-être voudra-t-on bien ne pas m'accuser d'avoir battu monnaie avec cette histoire si poignante, dont l'humanité entière a été bouleversée.

Pour plus tard, mon intention est d'utiliser, en deux œuvres, les notes que j'ai prises. Je voudrais, sous le titre: « Impressions d'audiences », conter mes procès, dire toutes les monstrueuses choses et les étranges figures qui ont défilé devant moi, à Paris et à Versailles. Et je voudrais, sous le titre: « Pages d'exil », conter mes onze mois d'Angleterre, les échos tragiques qui retentissaient en moi, à chaque dépêche désastreuse de France, tout ce qui s'évoquait loin de la patrie, les faits et les personnages, dans la complète solitude où je m'étais muré. Mais ce sont des désirs, des projets simplement, et il est bien possible que ni les circonstances ni la vie ne me permettent de les réaliser.

D'ailleurs, ce ne serait pas là une histoire de l'affaire Dreyfus, car ma conviction est que cette histoire ne saurait être écrite aujourd'hui, parmi les passions actuelles, sans les documents qui nous manquent encore. Il y faudra du recul, il y faudra surtout l'étude désintéressée des pièces dont l'immense dossier se prépare. Et je voudrais uniquement apporter ma contribution à ce dossier, laisser mon témoignage, dire ce que j'ai su, ce que j'ai vu et entendu, dans le coin de l'Affaire où j'ai agi.

En attendant, je me contente donc de réunir dans ce volume les articles déjà publiés. Je n'en ai naturellement pas changé un mot, les laissant avec leurs répétitions, avec leur forme dure et lâchée de pages écrites à la volée souvent, en une heure de fièvre. J'ai cru seulement devoir les accompagner, aux versos des faux titres, de petites notes, où j'ai donné les quelques explications nécessaires, pour les relier tous, en les remettant dans les circonstances qui m'ont amené à les écrire. De cette façon, l'ordre chronologique est indiqué, les articles reprennent leur place à la suite des grandes secousses de l'Affaire, l'ensemble en apparaît nettement, dans sa logique, malgré les longs silences où je me suis enfermé.

Et, je le répète, ces articles ne sont eux-mêmes qu'une contribution au dossier en formation de l'affaire Dreyfus, les quelques documents de mon action personnelle, dont j'ai tenu à laisser le recueil à l'Histoire, à la Justice de demain.

Emile Zola

Paris, le 1er février 1901

M. SCHEURER-KESTNER

Ces pages ont paru dans le *Figaro*, le 25 novembre 1897.

En 1894, au moment où l'affaire Dreyfus s'engagea, j'étais à Rome, et je n'en revins que vers le 15 décembre. J'y lisais naturellement peu les journaux français. C'est ce qui m'explique l'état d'ignorance, la sorte d'indifférence où je suis longtemps resté, au sujet de cette affaire. Ce fut seulement en novembre 1897, lorsque je rentrai de la campagne, que je commençai à me passionner, des circonstances m'ayant permis de connaître les faits et certains des documents, publiés plus tard, qui suffirent à rendre ma conviction absolue, inébranlable. On remarquera pourtant, dans ces premières pages, que le professionnel, le romancier, était surtout séduit, exalté, par un tel drame. Et la pitié, la foi, la passion de la vérité et de la justice, sont venues ensuite.

Quel drame poignant, et quels personnages superbes! Devant ces documents, d'une beauté si tragique, que la vie nous apporte, mon cœur de romancier bondit d'une admiration passionnée. Je ne connais rien d'une psychologie plus haute.

Mon intention n'est pas de parler de l'Affaire. Si des circonstances m'ont permis de l'étudier et de me faire une opinion formelle, je n'oublie pas qu'une enquête est ouverte, que la justice est saisie et que la simple honnêteté est d'attendre, sans ajouter à l'amas d'abominables commérages dont on obstrue une affaire si claire et si simple.

Mais les personnages, dès aujourd'hui, m'appartiennent, à moi qui ne suis qu'un passant, dont les yeux sont ouverts sur la vie. Et, si le condamné d'il y a trois ans, si l'accusé d'aujourd'hui me restent sacrés, tant que la justice n'aura pas fait son œuvre, le troisième grand personnage du drame, l'accusateur, ne saurait avoir à souffrir qu'on parle honnêtement et bravement de lui.

Ceci est ce que j'ai vu de M. Scheurer-Kestner, ce que je pense et ce que j'affirme. Peut-être un jour, si les circonstances le permettent, parlerai-je des deux autres.

Une vie de cristal, la plus nette, la plus droite. Pas une tare, pas la moindre défaillance. Une même opinion, constamment suivie, sans ambition militante, aboutissant à une haute situation politique, due à l'unique sympathie respectueuse de ses pairs.

Et pas un rêveur, pas un utopiste. Un industriel, qui a vécu enfermé dans son laboratoire, tout à des recherches spéciales, sans compter le souci quotidien d'une grande maison de commerce à gouverner.

Et, j'ajoute, une haute situation de fortune. Toutes les richesses, tous les honneurs, tous les bonheurs, le couronnement d'une belle vie, donnée entière au travail et à la loyauté. Plus un seul désir à formuler, que celui de finir dignement, dans cette joie et dans ce bon renom.

Voilà donc l'homme. Tous le connaissent, personne ne saurait me démentir. Et voilà l'homme chez lequel va se jouer le plus tragique, le plus passionnant des drames. Un jour, un doute tombe dans son esprit, car ce doute est dans l'air et il a déjà troublé plus d'une conscience. Un conseil de guerre a condamné, pour crime de trahison, un capitaine, qui peut-être est innocent. Le châtiment a été effroyable, la dégradation publique, l'internement au loin, toute l'exécration d'un peuple s'acharnant, achevant le misérable à terre. Et, s'il était innocent, grand Dieu! quel frisson d'immense pitié! quelle horreur froide, à la pensée qu'il n'y aurait pas de réparation possible!

Le doute est né dans l'esprit de M. Scheurer-Kestner. Dès lors, comme il l'a expliqué lui-même, le tourment commence, la hantise renaît, au hasard de ce qu'il apprend. C'est une intelligence solide et logique qui peu à peu va être conquise par l'insatiable besoin de la vérité.

Rien n'est plus haut, rien n'est plus noble, et ce qui s'est passé chez cet homme est un extraordinaire spectacle, qui m'enthousiasme, moi dont le métier est de me pencher sur les consciences. Le débat de la vérité pour la justice, il n'est pas de lutte plus héroïque.

J'abrège, M. Scheurer-Kestner tient enfin une certitude. La vérité lui est connue, il va faire de la justice. C'est la minute redoutable. Pour un esprit comme le sien, je m'imagine quelle a dû être cette minute d'angoisse. Il n'ignorait rien des tempêtes qu'il devait soulever, mais la vérité et la justice sont souveraines, car elles seules assurent la grandeur des nations. Il peut se faire que des intérêts politiques les obscurcissent un moment, tout peuple qui ne baserait pas sur elles son unique raison d'être, serait aujourd'hui un peuple condamné.

Apporter la vérité, c'est bien; mais on peut avoir l'ambition de s'en faire gloire. Certains la vendent, d'autres veulent au moins en tirer le profit de l'avoir dite.

Le projet de M. Scheurer-Kestner était, tout en faisant son œuvre, de disparaître. Il avait résolu de dire au gouvernement: « Voici ce qui est. Prenez l'Affaire en main, ayez de vous-même le mérite d'être juste, en réparant une erreur. Au bout de toute justice, il y a un triomphe. » Des circonstances, dont je ne veux point parler, firent qu'on ne l'écouta pas.

A partir de ce moment, il connut le calvaire qu'il monte depuis des semaines. Le bruit s'était répandu qu'il avait la vérité en main, et un homme qui détient la vérité, sans la crier sur les toits, peut-il être autre chose qu'un ennemi public? Stoïquement d'abord, pendant quinze interminables jours, il fut fidèle à la parole qu'il avait donnée de se taire, dans l'espoir toujours qu'il n'en serait pas réduit à prendre le rôle de ceux-là seuls qui auraient dû agir. Et l'on sait quelle marée d'invectives et de menaces s'est ruée vers lui pendant ces quinze jours, tout un flot d'immondes accusations, sous lequel il est resté impassible, le front haut. Pourquoi se taisait-il? Pourquoi n'ouvrait-il pas son dossier à tout venant? Pourquoi ne faisait-il pas comme les autres, qui emplissaient les journaux de leurs confidences?

Ah! qu'il a été grand et sage! S'il se taisait, en dehors même de la promesse qu'il avait faite, c'était justement qu'il avait charge de vérité. Cette pauvre vérité, nue et frissonnante, huée par tous, que tous semblaient avoir intérêt à étrangler, il ne songeait qu'à la protéger contre tant de passions et de colères. Il s'était juré qu'on ne l'escamoterait pas, et il entendait choisir son heure et ses moyens, pour lui assurer le triomphe. Quoi de plus naturel, quoi de plus louable? Je ne sais rien de plus souverainement beau que le silence de M. Scheurer-Kestner, depuis les trois semaines où tout un peuple affolé le suspecte et l'injurie. Dressez donc cette figure-là, romanciers! vous aurez un héros!

Les plus doux ont émis des doutes sur son état de santé cérébrale. N'était-il pas un vieillard affaibli, tombé à l'enfance sénile, un de ces esprits que le gâtisme commençant livre à toute crédulité? Les autres, les fous et les bandits, l'ont tout bonnement accusé d'avoir touché « la forte somme ». C'est bien simple, les juifs ont donné un million pour acheter cette inconscience. Et il ne s'est pas élevé un rire immense pour répondre à cette stupidité!

M. Scheurer-Kestner est là, avec sa vie de cristal. Placez donc en face de lui les autres, ceux qui l'accusent et l'insultent. Et jugez. Il faut choisir entre ceux-ci et celui-là. Trouvez donc la raison qui le ferait agir, en dehors de son besoin si noble de vérité et de justice. Abreuvé d'injures, l'âme déchirée, sentant trembler sous lui sa haute situation, prêt à tout sacrifier pour mener à bien son héroïque tâche, il se tait, il attend. Et cela est d'une extraordinaire grandeur.

Je l'ai dit, l'Affaire en elle-même, je ne veux pas m'en occuper. Pourtant, il faut que je le répète: elle est la plus simple, la plus claire du monde, quand on veut bien la prendre pour ce qu'elle est.

Une erreur judiciaire, la chose est d'une éventualité déplorable, mais toujours possible. Des magistrats se trompent, des militaires peuvent se tromper. En quoi l'honneur de l'armée est-il engagé là-dedans? L'unique beau rôle, s'il y a eu une erreur commise, est de la réparer; et la faute ne commencerait que le jour où l'on s'entêterait à ne pas vouloir s'être trompé, même devant des preuves décisives. Au fond, il n'y a pas d'autre difficulté. Tout ira bien, lorsqu'on sera décidé à reconnaître qu'on a pu commettre une erreur et qu'on a hésité ensuite devant l'ennui d'en convenir. Ceux qui savent me comprendront.

Quant aux complications diplomatiques à craindre, c'est un épouvantail pour les badauds. Aucune puissance voisine n'a rien à voir dans l'Affaire, c'est ce qu'il faut déclarer hautement. On ne se trouve que devant une opinion publique exaspérée, surmenée par la plus odieuse des campagnes. La presse est une force nécessaire; je crois en somme qu'elle fait plus de bien que de mal. Mais certains journaux n'en sont pas moins les coupables, affolant les uns, terrorisant les autres, vivant de scandales pour tripler leur vente. L'imbécile antisémitisme a soufflé cette démence. La délation est partout, les plus purs et les plus braves n'osent faire leur devoir, dans la crainte d'être éclaboussés.

Et l'on en est arrivé à cet horrible gâchis, où tous les sentiments sont faussés, où l'on ne peut vouloir la justice sans être traité de gâteux ou de vendu. Les mensonges s'étalent, les plus sottes histoires sont reproduites gravement par les journaux sérieux, la nation entière semble frappée de folie, lorsqu'un peu de bon sens remettrait tout de suite les choses en place. Ah! que cela sera simple, je le dis encore, le jour où ceux qui sont les maîtres oseront, malgré la foule ameutée, être de braves gens!

J'imagine que, dans le hautain silence de M. Scheurer-Kestner, il y a eu aussi le désir d'attendre que chacun fît son examen de conscience, avant d'agir. Lorsqu'il a parlé de son devoir qui, même sur les ruines de sa haute situation, de sa fortune et de son bonheur, lui commandait de faire la vérité, dès qu'il l'a connue, il a eu ce mot admirable:

— Je n'aurais pas pu vivre.

Eh bien! c'est ce que doivent se dire tous les honnêtes gens mêlés à cette affaire: ils ne pourront plus vivre, s'ils ne font pas justice.

Et, si des raisons politiques voulaient que la justice fût retardée, ce serait une faute nouvelle qui ne ferait que reculer l'inévitable dénouement, en l'aggravant encore.

La vérité est en marche, et rien ne l'arrêtera.

LE SYNDICAT

Ces pages ont paru dans le *Figaro*, le 1er décembre 1897.

Je comptais dès lors donner, dans ce journal, une série d'articles sur l'affaire Dreyfus, toute une campagne, à mesure que les événements se dérouleraient. Le hasard d'une promenade m'en avait fait rencontrer le directeur, M. Fernand de Rodays. Nous avions causé, avec quelque passion, au beau milieu des passants, et cela m'avait décidé brusquement à lui offrir des articles, le sentant d'accord avec moi. Je me trouvai ainsi engagé, sans l'avoir prémédité. J'ajoute, d'ailleurs, que j'aurais parlé à un moment ou à un autre, car le silence m'était impossible. — On se souvient avec quelle vigueur le *Figaro* commença et surtout finit par mener le bon combat.

On en connaît la conception. Elle est d'une bassesse et d'une niaiserie simpliste, dignes de ceux qui l'ont imaginée.

Le capitaine Dreyfus est condamné par un conseil de guerre pour crime de trahison. Dès lors, il devient le traître, non plus un homme, mais une abstraction, incarnant l'idée de la patrie égorgée, livrée à l'ennemi vainqueur. Il n'est pas que la trahison présente et future, il représente aussi la trahison passée, car on l'accable de la défaite ancienne, dans l'idée obstinée que seule la trahison a pu nous faire battre.

Voilà l'âme noire, l'abominable figure, la honte de l'armée, le bandit qui vend ses frères, ainsi que Judas a vendu son Dieu. Et, comme il est juif, c'est bien simple, les juifs qui sont riches et puissants, sans patrie d'ailleurs, vont travailler souterrainement, par leurs millions, à le tirer d'affaire, en achetant des consciences, en enveloppant la France d'un exécrable complot, pour obtenir la réhabilitation du coupable, quitte à lui substituer un innocent. La famille du condamné, juive elle aussi naturellement, entre dans l'Affaire. Et c'est bien une affaire, il s'agit à prix d'or de déshonorer la justice, d'imposer le mensonge, de salir un peuple par la plus impudente des campagnes. Tout cela pour sauver un juif de l'infamie et l'y remplacer par un chrétien.

Donc un syndicat se crée. Ce qui veut dire que des banquiers se réunissent, mettent de l'argent en commun, exploitent la crédulité publique. Quelque part, il y a une caisse qui paie toute la boue remuée. C'est une vaste entreprise ténébreuse, des gens masqués, de fortes sommes remises la nuit, sous les ponts, à des inconnus, de grands personnages que l'on corrompt, dont on achète la vieille honnêteté à des prix fous.

Et le syndicat s'élargit ainsi peu à peu, il finit par être une puissante organisation, dans l'ombre, toute une conspiration éhontée pour glorifier le traître et noyer la France sous un flot d'ignominie.

Examinons-le, ce syndicat.

Les juifs ont fait l'argent, et ce sont eux qui paient l'honneur des complices, à bureau ouvert. Mon Dieu! je ne sais pas ce qu'ils ont pu dépenser déjà. Mais, s'ils n'en sont qu'à une dizaine de millions, je comprends qu'ils les aient donnés. Voilà des citoyens français, nos égaux et nos frères, que l'imbécile antisémitisme traîne quotidiennement dans la boue. On a prétendu les écraser avec le capitaine Dreyfus, on a tenté de faire, du crime de l'un d'eux, le crime de la race entière. Tous des traîtres, tous des vendus, tous des condamnés. Et vous ne voulez pas que ces gens, furieusement, protestent, tâchent de se laver, de rendre coup pour coup, dans cette guerre d'extermination qui leur est faite! Certes, on comprend qu'ils souhaitent passionnément de voir éclater l'innocence de leur coreligionnaire; et, si la réhabilitation leur apparaît possible, ah! de quel cœur ils doivent la poursuivre!

Ce qui me tracasse, c'est que, s'il existe un guichet où l'on touche, il n'y ait pas quelques gredins avérés dans le syndicat. Voyons, vous les connaissez bien: comment se fait-il qu'un tel, et celui-ci, et cet autre, n'en soient pas? L'extraordinaire est même que tous les gens que les juifs ont, dit-on, achetés, sont précisément d'une réputation de probité solide. Peut-être ceux-ci y mettent-ils de la coquetterie, ne veulent-ils avoir que de la marchandise rare, en la payant son prix. Je doute donc fortement du guichet, bien que je sois tout prêt à excuser les juifs, si, poussés à bout, ils se défendaient avec leurs millions. Dans les massacres, on se sert de ce qu'on a. Et je parle d'eux bien tranquillement, car je ne les aime ni ne les hais. Je n'ai parmi eux aucun ami qui soit près de mon cœur. Ils sont pour moi des hommes, et cela suffit.

Mais, pour la famille du capitaine Dreyfus, il en va autrement, et ici quiconque ne comprendrait pas, ne s'inclinerait pas, serait un triste cœur. Entendez-vous! tout son or, tout son sang, la famille a le droit, le devoir de le donner, si elle croit son enfant innocent. Là est le seuil sacré que personne n'a le droit de salir. Dans cette maison qui pleure, où il y a une femme, des frères, des parents en deuil, il ne faut entrer que le chapeau à la main; et les goujats seuls se permettent de parler haut et d'être insolents. Le frère du traître! c'est l'insulte qu'on jette à la face de ce frère! Sous quelle morale, sous quel Dieu vivons-nous donc, pour que la chose soit possible, pour que la faute d'un des membres soit reprochée à la famille entière? Rien n'est plus bas, plus indigne de notre culture et de notre générosité.

Les journaux qui injurient le frère du capitaine Dreyfus parce qu'il fait son devoir, sont une honte pour la presse française.

Et qui donc aurait parlé, si ce n'était lui? Il est dans son rôle. Lorsque sa voix s'est élevée demandant justice, personne n'avait plus à intervenir, tous se sont effacés. Il avait seul qualité pour soulever cette redoutable question de l'erreur judiciaire possible, de la vérité à faire, éclatante. On aura beau entasser les injures, on n'obscurcira pas cette notion que la défense de l'absent est entre les mains de ceux de son sang, qui ont gardé l'espérance et la foi. Et la plus forte preuve morale en faveur de l'innocence du condamné, est encore l'inébranlable conviction de toute une famille honorable, d'une probité et d'un patriotisme sans tache.

Puis, après les juifs fondateurs, après la famille directrice, viennent les simples membres du syndicat, ceux qu'on a achetés. Deux des plus anciens sont MM. Bernard Lazare et le commandant Forzinetti. Ensuite, il y a eu M. Scheurer-Kestner et M. Monod. Dernièrement, on a découvert le colonel Picquart, sans compter M. Leblois. Et j'espère bien que, depuis mon premier article, je fais partie de la bande. D'ailleurs, est du syndicat, est convaincu d'être un malfaiteur et d'avoir été payé, quiconque, hanté par l'effroyable frisson d'une erreur judiciaire possible, se permet de vouloir que la vérité soit faite, au nom de la justice.

Mais, vous tous qui poussez à cet affreux gâchis, faux patriotes, antisémites braillards, simples exploiteurs vivant de la débâcle publique, c'est vous qui l'avez voulu, qui l'avez fait, ce syndicat!

Est-ce que l'évidence n'est pas complète, d'une clarté de plein jour? S'il y avait eu syndicat, il y aurait eu entente, et où est-elle donc, l'entente? Ce qu'il y a simplement, dès le lendemain de la condamnation, c'est un malaise dans certaines consciences, c'est un doute, devant le misérable qui hurle à tous son innocence. La crise terrible, la folie publique à laquelle nous assistons, est sûrement partie de là, de son frisson léger resté dans les âmes. Et c'est le commandant Forzinetti qui est l'homme de ce frisson, éprouvé par tant d'autres, et dont il nous a fait un récit si poignant.

Puis, c'est M. Bernard Lazare. Il est pris de doute, et il travaille à faire la lumière. Son enquête solitaire se poursuit d'ailleurs au milieu de ténèbres qu'il ne peut percer. Il publie une brochure, il en fait paraître une seconde, à la veille des révélations d'aujourd'hui; et la preuve qu'il travaillait seul, qu'il n'était en relation avec aucun des autres membres du syndicat, c'est qu'il n'a rien su, n'a rien pu dire de la vraie vérité. Un drôle de syndicat, dont les membres s'ignorent!

Puis, c'est M. Scheurer-Kestner, que le besoin de vérité et de justice torture de son côté, et qui cherche, et qui tâche de se faire une certitude, sans rien savoir de l'enquête officielle — je dis officielle — qui était faite au même moment par le colonel Picquart, mis sur la bonne piste par sa fonction même au Ministère de la guerre. Il a fallu un hasard, une rencontre, comme on le saura plus tard, pour que ces deux hommes qui ne se connaissaient pas, qui travaillaient à la même œuvre, chacun de son côté, finissent, à la dernière heure, par se rejoindre et par marcher côte à côte.

Toute l'histoire du syndicat est là: des hommes de bonne volonté, de vérité et d'équité, partis des quatre bouts de l'horizon, travaillant à des lieues et sans se connaître, mais marchant tous par des chemins divers au même but, cheminant en silence, fouillant la terre, et aboutissant tous un beau matin au même point d'arrivée. Tous, fatalement, se sont trouvés, la main dans la main, à ce carrefour de la vérité, à ce rendez-vous fatal de la justice.

Vous voyez bien que c'est vous qui, maintenant, les réunissez, les forcez de serrer leurs rangs, de travailler à une même besogne de santé et d'honnêteté, ces hommes que vous couvrez d'insultes, que vous accusez du plus noir complot, lorsqu'ils n'ont voulu qu'une œuvre de suprême réparation.

Dix, vingt journaux, où se mêlent les passions et les intérêts les plus divers, toute une presse immonde que je ne puis lire sans que mon cœur se brise d'indignation, n'a donc cessé de persuader au public qu'un syndicat de juifs, achetant les consciences à prix d'or, s'employait au plus exécrable des complots. D'abord, il fallait sauver le traître, le remplacer par un innocent; puis, c'était l'armée qu'on déshonorerait, la France qu'on vendrait, comme en 1870. Je passe les détails romanesques de la ténébreuse machination.

Et, je le confesse, cette opinion est devenue celle de la grande majorité du public. Que de gens simples m'ont abordé depuis huit jours, pour me dire d'un air stupéfait:

— Comment! M. Scheurer-Kestner n'est donc pas un bandit? et vous vous mettez avec ces gens-là! Mais vous ne savez donc pas qu'ils ont vendu la France!

52

Mon cœur se serre d'angoisse, car je sens bien qu'une telle perversion de l'opinion va permettre tous les escamotages. Et le pis est que les braves sont rares, quand il faut remonter le flot. Combien vous murmurent à l'oreille qu'ils sont convaincus de l'innocence du capitaine Dreyfus, mais qu'ils n'ont que faire de se mettre en dangereuse posture, dans la bagarre!

Derrière l'opinion publique, comptant sans doute s'appuyer sur elle, il y a les bureaux du Ministère de la guerre. Je n'en veux pas parler aujourd'hui, car j'espère encore que justice sera faite. Mais qui ne sent que nous sommes devant la plus têtue des mauvaises volontés? On ne veut pas avouer qu'on a commis des erreurs, j'allais dire, des fautes. On s'obstine à couvrir les personnages compromis. On est résolu à tout, pour éviter l'énorme coup de balai. Et cela est si grave, en effet, que ceux-là mêmes qui ont la vérité en main, de qui on exige furieusement cette vérité, hésitent encore, attendent pour la crier publiquement, dans l'espérance qu'elle s'imposera d'elle-même et qu'ils n'auront pas la douleur de la dire.

Mais il est une vérité du moins que, dès aujourd'hui, je voudrais répandre par la France entière. C'est qu'on est en train de lui faire commettre, à elle la juste, la généreuse, un véritable crime. Elle n'est donc plus la France, qu'on peut la tromper à ce point, l'affoler contre un misérable qui, depuis trois ans, expie, dans des conditions atroces, un crime qu'il n'a pas commis. Oui, il existe là-bas, dans un îlot perdu, sous le dur soleil, un être qu'on a séparé des humains. Non seulement la grande mer l'isole, mais onze gardiens l'enferment nuit et jour d'une muraille vivante. On a immobilisé onze hommes pour en garder un seul. Jamais assassin, jamais fou furieux n'a été muré si étroitement. Et l'éternel silence, et la lente agonie sous l'exécration de tout un peuple! Maintenant, osez-vous dire que cet homme n'est pas coupable?

Eh bien! c'est ce que nous disons, nous autres, les membres du syndicat. Et nous le disons à la France, et nous espérons qu'elle finira par nous entendre, car elle est toujours enflammée pour les causes justes et belles. Nous lui disons que nous voulons l'honneur de l'armée, la grandeur de la nation. Une erreur judiciaire a été commise et tant qu'elle ne sera pas réparée, la France souffrira, maladive, comme d'un cancer secret qui peu à peu ronge les chairs. Et si, pour lui refaire de la santé, il y a quelques membres à couper, qu'on les coupe!

Un syndicat pour agir sur l'opinion, pour la guérir de la démence où la presse immonde l'a jetée, pour la ramener à sa fierté, à sa générosité séculaires. Un syndicat pour répéter chaque matin que nos relations diplomatiques ne sont pas en jeu, que l'honneur de l'armée n'est point en cause, que des individualités seules peuvent être compromises. Un syndicat pour démontrer que toute erreur judiciaire est réparable et que s'entêter dans une erreur de ce genre, sous le prétexte qu'un conseil de guerre ne peut se tromper, est la plus monstrueuse des obstinations, la plus effroyable des infaillibilités. Un syndicat pour mener campagne jusqu'à ce que la vérité soit faite, jusqu'à ce que la justice soit rendue, au travers de tous les obstacles, même si des années de lutte sont encore nécessaires.

De ce syndicat, ah! oui, j'en suis, et j'espère bien que tous les braves gens de France vont en être!

PROCÈS-VERBAL

Ces pages ont paru dans le *Figaro*, le 5 décembre 1897.

C'est le troisième et dernier article qu'il me fut permis de donner au *Figaro*. J'eus même quelque peine à l'y faire passer; et, comme on le verra, je crus sage d'y prendre congé du public, sentant l'impossibilité où j'allais être de continuer ma campagne, dont s'émotionnaient les lecteurs habituels du journal. J'admets très bien, pour un journal, la nécessité de compter avec les habitudes et les passions de sa clientèle. Aussi, chaque fois que je me suis trouvé arrêté de la sorte, je ne m'en suis jamais pris qu'à moi-même, de m'être trompé sur le terrain et sur les conditions de la lutte. — Le *Figaro*, ne s'en est pas moins montré courageux, en accueillant ces trois articles, et je le remercie.

Ah! quel spectacle, depuis trois semaines, et quels tragiques, quels inoubliables jours nous venons de traverser! Je n'en connais pas qui aient remué en moi plus d'humanité, plus d'angoisse et plus de généreuse colère. J'ai vécu exaspéré, dans la haine de la bêtise et de la mauvaise foi, dans une telle soif de vérité et de justice, que j'ai compris les grands mouvements d'âme qui peuvent jeter un bourgeois paisible au martyre.

C'est, en vérité, que le spectacle a été inouï, dépassant en brutalité, en effronterie, en ignoble aveu tout ce que la bête humaine a jamais confessé de plus instinctif et de plus bas. Un tel exemple est rare de la perversion, de la démence d'une foule, et sans doute est-ce pour cela que je me suis passionné à ce point, outre ma révolte humaine, en romancier, en dramaturge, bouleversé d'enthousiasme devant un cas d'une beauté si effroyable.

Aujourd'hui, voici l'Affaire qui entre dans la phase régulière et logique, celle que nous avons désirée, demandée sans relâche. Un conseil de guerre est saisi, la vérité est au bout de ce nouveau procès, nous en sommes convaincus. Jamais nous n'avons voulu autre chose. Il ne nous reste qu'à nous taire et à attendre; car, la vérité, ce n'est pas nous encore qui devons la dire, c'est le conseil de guerre qui doit la faire, éclatante. Et nous n'interviendrons de nouveau que si elle n'en sortait point complète, ce qui est, d'ailleurs, une hypothèse inadmissible.

Mais, la première phase étant terminée, ce gâchis en pleines ténèbres, ce scandale où tant de laides consciences se sont mises à nu, le procès-verbal doit en être dressé, il faut conclure sur elle. Car, dans la tristesse profonde des constatations qui s'imposent, il y a l'enseignement viril, le fer rouge dont on cautérise les plaies. Songeons-y tous, l'affreux spectacle que nous venons de nous donner à nous-mêmes doit nous guérir.

D'abord, la presse.

Nous avons vu la basse presse en rut, battant monnaie avec les curiosités malsaines, détraquant la foule pour vendre son papier noirci, qui cesse de trouver des acheteurs dès que la nation est calme, saine et forte. Ce sont surtout les aboyeurs du soir, les feuilles de tolérance qui raccrochent les passants avec leurs titres en gros caractères, prometteurs de débauches. Celles-là n'étaient que dans leur habituel commerce, mais avec une impudence significative.

Nous avons vu, plus haut dans l'échelle, les journaux populaires, les journaux à un sou, ceux qui s'adressent au plus grand nombre et qui font l'opinion de la foule, nous les avons vus souffler les passions atroces, mener furieusement une campagne de sectaires, tuant dans notre cher peuple de France toute générosité, tout désir de vérité et de justice. Je veux croire à leur bonne foi. Mais quelle tristesse, ces cerveaux de polémistes vieillis, d'agitateurs déments, de patriotes étroits, devenus des conducteurs d'hommes, commettant le plus noir des crimes, celui d'obscurcir la conscience publique et d'égarer tout un peuple! Cette besogne est d'autant plus exécrable qu'elle est faite, dans certains journaux, avec une bassesse de moyens, une habitude du mensonge, de la diffamation et de la délation, qui resteront la grande honte de notre époque.

Nous avons vu, enfin, la grande presse, la presse dite sérieuse et honnête, assister à cela avec une impassibilité, j'allais dire une sérénité que je déclare stupéfiante. Ces journaux honnêtes se sont contentés de tout enregistrer avec un soin scrupuleux, la vérité comme l'erreur. Le fleuve empoisonné a coulé chez eux, sans qu'ils omettent une abomination. Certes, c'est là de l'impartialité. Mais quoi? à peine çà et là une timide appréciation, pas une voix haute et noble, pas une, entendez-vous! qui se soit élevée dans cette presse honnête, pour prendre le parti de l'humanité, de l'équité outragées!

Et nous avons vu surtout ceci — car au milieu de tant d'horreurs il doit suffire de choisir la plus révoltante — nous avons vu la presse, la presse immonde continuer à défendre un officier français, qui avait insulté l'armée et craché sur la nation. Nous avons vu cela, des journaux l'excusant, d'autres ne lui infligeant un blâme qu'avec des restrictions. Comment! il n'y a pas eu un cri unanime de révolte et d'exécration! Que se passe-t-il donc pour que ce crime, qui, à un autre moment, aurait soulevé la conscience publique, en un besoin furieux de répression immédiate, ait pu trouver des circonstances atténuantes, dans ces mêmes journaux si chatouilleux sur les questions de félonie et de traîtrise?

Nous avons vu cela. Et j'ignore ce qu'un tel symptôme a produit chez les autres spectateurs, puisque personne ne parle, puisque personne ne s'indigne. Mais, moi, il m'a fait frissonner, car il révèle, avec une violence inattendue, la maladie dont nous souffrons. La presse immonde a dévoyé la nation, et un accès de la perversion, de la corruption où elle l'a jetée, vient d'étaler l'ulcère, au plein jour.

L'antisémitisme, maintenant.

Il est le coupable. J'ai déjà dit combien cette campagne barbare, qui nous ramène de mille ans en arrière, indigne mon besoin de fraternité, ma passion de tolérance et d'émancipation humaine. Retourner aux guerres de religion, recommencer les persécutions religieuses, vouloir qu'on s'extermine de race à race, cela est d'un tel non-sens, dans notre siècle d'affranchissement, qu'une pareille tentative me semble surtout imbécile. Elle n'a pu naître que d'un cerveau fumeux, mal équilibré de croyant, que d'une grande vanité d'écrivain longtemps inconnu, désireux de jouer à tout prix un rôle, fût-il odieux. Et je ne veux pas croire encore qu'un tel mouvement prenne jamais une importance décisive en France, dans ce pays de libre examen, de fraternelle bonté et de claire raison.

Pourtant, voilà des méfaits terribles. Je dois confesser que le mal est déjà très grand. Le poison est dans le peuple, si le peuple entier n'est pas empoisonné. Nous devons à l'antisémitisme la dangereuse virulence que les scandales du Panama ont prise chez nous. Et toute cette lamentable affaire Dreyfus est son œuvre: c'est lui seul qui a rendu possible l'erreur judiciaire, c'est lui seul qui affole aujourd'hui la foule, qui empêche que cette erreur ne soit tranquillement, noblement reconnue, pour notre santé et pour notre bon renom. Etait-il rien de plus simple, de plus naturel que de faire la vérité, aux premiers doutes sérieux, et ne comprend-on pas, pour qu'on en soit arrivé à la folie furieuse où nous en sommes, qu'il y a forcément là un poison caché qui nous fait délirer tous?

Ce poison, c'est la haine enragée des juifs, qu'on verse au peuple, chaque matin, depuis des années. Ils sont une bande à faire ce métier d'empoisonneurs, et le plus beau, c'est qu'ils le font au nom de la morale, au nom du Christ, en vengeurs et en justiciers. Et qui nous dit que cet air ambiant où il délibérait, n'a pas agi sur le conseil de guerre? Un juif traître, vendant son pays, cela va de soi. Si l'on ne trouve aucune raison humaine expliquant le crime, s'il est riche, sage, travailleur, sans aucune passion, d'une vie impeccable, est-ce qu'il ne suffit pas qu'il soit juif?

Aujourd'hui, depuis que nous demandons la lumière, l'attitude de l'antisémitisme est plus violente, plus renseignante encore. C'est son procès qu'on va instruire, et si l'innocence d'un juif éclatait, quel soufflet pour les antisémites. Il pourrait donc y avoir un juif innocent? Puis, c'est tout un échafaudage de mensonges qui croule, c'est de l'air, de la bonne foi, de l'équité, la ruine même d'une secte qui n'agit sur la foule des simples que par l'excès de l'injure et l'impudence des calomnies.

Voilà encore ce que nous avons vu, la fureur de ces malfaiteurs publics, à la pensée qu'un peu de clarté allait se faire. Et nous avons vu aussi, hélas! le désarroi de la foule qu'ils ont pervertie, toute cette opinion publique égarée, tout ce cher peuple des petits et des humbles, qui court sus aux juifs aujourd'hui, et qui demain ferait une révolution pour délivrer le capitaine Dreyfus, si quelque honnête homme l'enflammait du feu sacré de la justice.

Enfin, les spectateurs, les acteurs, vous et moi, nous tous.

Quelle confusion, quel bourbier sans cesse accru! Nous avons vu la mêlée des intérêts et des passions s'enfiévrer de jour en jour, des histoires ineptes, des commérages honteux, les démentis les plus impudents, le simple bon sens souffleté chaque matin, le vice acclamé, la vertu huée, toute une agonie de ce qui fait l'honneur et la joie de vivre. Et l'on a fini par trouver cela hideux. Certes! mais qui avait voulu ces choses, qui les traînait en longueur? Nos maîtres, ceux qui, avertis depuis plus d'un an, n'avaient rien osé faire. On les avait suppliés, leur prophétisant, phase par phase, le terrifiant orage qui s'amoncelait. L'enquête, ils l'avaient faite; le dossier, ils l'avaient entre les mains. Et, jusqu'à la dernière heure, malgré des adjurations patriotiques, ils se sont entêtés dans leur inertie, plutôt que de prendre eux-mêmes l'Affaire en main, pour la limiter, quitte à sacrifier tout de suite les individualités compromises. Le fleuve de boue a débordé, comme on le leur avait prédit, et c'est leur faute.

Nous avons vu des énergumènes triompher en exigeant la vérité de ceux qui disaient la savoir, lorsque ceux-ci ne pouvaient la dire, tant qu'une enquête restait ouverte. La vérité, elle a été dite au général chargé de cette enquête, et lui seul a eu mission de la faire connaître. La vérité, elle sera dite encore au juge instructeur, et il aura seul qualité pour l'entendre, pour baser sur elle son acte de justice. La vérité! quelle conception avez-vous d'elle, dans une pareille aventure, qui ébranle toute une vieille organisation, pour croire qu'elle est un objet simple et maniable, qu'on promène dans le creux de sa main et qu'on met à volonté dans la main des autres, telle qu'un caillou ou qu'une pomme? La preuve, ah! oui, la preuve qu'on voulait là, tout de suite, comme les enfants veulent qu'on leur montre le vent qui passe. Soyez patients, elle éclatera, la vérité; mais il y faudra tout de même un peu d'intelligence et de probité morale.

Nous avons vu une basse exploitation du patriotisme, le spectre de l'étranger agité dans une affaire d'honneur qui regarde la seule famille française. Les pires révolutionnaires ont clamé qu'on insultait l'armée et ses chefs, lorsque, justement, on ne veut pas les mettre hors de toute atteinte, très haut. Et, en face des meneurs de foule, des quelques journaux qui ameutent l'opinion, la terreur a régné. Pas un homme de nos Assemblées n'a eu un cri d'honnête homme, tous sont restés muets, hésitants, prisonniers de leurs groupes, tous ont eu peur de l'opinion, dans la prévision inquiète sans doute des élections prochaines. Ni un modéré, ni un radical, ni un socialiste, aucun de ceux qui ont la garde des libertés publiques, ne s'est levé encore pour parler selon sa conscience: Comment voulez-vous que le pays sache son chemin, dans la tourmente, si ceux-là mêmes qui se disent ses guides, se taisent, par tactique de politiciens étroits, ou par crainte de compromettre leurs situations personnelles?

Et le spectacle a été si lamentable, si cruel, si dur à notre fierté, que j'entends répéter autour de moi:

— La France est bien malade pour qu'une pareille crise d'aberration publique puisse se produire.

Non! elle n'est que dévoyée, hors de son cœur et de son génie. Qu'on lui parle humanité et justice, elle se retrouvera toute, dans sa générosité légendaire.

Le premier acte est fini, le rideau est tombé sur l'affreux spectacle. Espérons que le spectacle de demain nous rendra courage et nous consolera.

J'ai dit que la vérité était en marche et que rien ne l'arrêterait. Un premier pas est fait, un autre se fera, puis un autre, puis le pas décisif. Cela est mathématique.

Pour le moment, dans l'attente de la décision du conseil de guerre, mon rôle est donc terminé; et je désire ardemment que, la vérité étant faite, la justice rendue, je n'aie plus à lutter pour elles.

LETTRE À LA JEUNESSE

Ces pages ont paru en une brochure, qui a été mise en vente le 14 décembre 1897.

Ne voyant alors aucun journal qui me prendrait mes articles, et désireux en outre d'être absolument libre, je fis le projet de continuer ma campagne, par une série de brochures. D'abord, j'avais l'idée de les lancer à jour fixe, régulièrement, une par semaine. Puis, je préférai rester le maître des dates de publication, de façon à choisir mes heures, à n'intervenir que sur les sujets et seulement les jours où je le croirais utile.

Où allez-vous, jeunes gens, où allez-vous, étudiants, qui courez en bandes par les rues, manifestant au nom de vos colères et de vos enthousiasmes, éprouvant l'impérieux besoin de jeter publiquement le cri de vos consciences indignées?

Allez-vous protester contre quelque abus du pouvoir, a-t-on offensé le besoin de vérité et d'équité, brûlant encore dans vos âmes neuves, ignorantes des accommodements politiques et des lâchetés quotidiennes de la vie?

Allez-vous redresser un tort social, mettre la protestation de votre vibrante jeunesse, dans la balance inégale, où sont si faussement pesés le sort des heureux et celui des déshérités de ce monde?

Allez-vous, pour affirmer la tolérance, l'indépendance de la race humaine, siffler quelque sectaire de l'intelligence, à la cervelle étroite, qui aura voulu ramener vos esprits libérés à l'erreur ancienne, en proclamant la banqueroute de la science?

Allez-vous crier, sous la fenêtre de quelque personnage fuyant et hypocrite, votre foi invincible en l'avenir, en ce siècle prochain que vous apportez et qui doit réaliser la paix du monde, au nom de la justice et de l'amour?

— Non, non! nous allons huer un homme, un vieillard, qui, après une longue vie de travail et de loyauté, s'est imaginé qu'il pouvait impunément soutenir une cause généreuse, vouloir que la lumière se fît et qu'une erreur fût réparée, pour l'honneur même de la patrie française!

Ah! quand j'étais jeune moi-même, je l'ai vu, le Quartier latin, tout frémissant des fières passions de la jeunesse, l'amour de la liberté, la haine de la force brutale, qui écrase les cerveaux et comprime les âmes. Je l'ai vu, sous l'Empire, faisant son œuvre brave d'opposition, injuste même parfois, mais toujours dans un excès de libre émancipation humaine. Il sifflait les auteurs agréables aux Tuileries, il malmenait les professeurs dont l'enseignement lui semblait louche, il se levait contre quiconque se montrait pour les ténèbres et pour la tyrannie. En lui brûlait le foyer sacré de la belle folie des vingt ans, lorsque toutes les espérances sont des réalités, et que demain apparaît comme le sûr triomphe de la Cité parfaite.

Et, si l'on remontait plus haut, dans cette histoire des passions nobles, qui ont soulevé la jeunesse des écoles, toujours on la verrait s'indigner sous l'injustice, frémir et se lever pour les humbles, les abandonnés, les persécutés, contre les féroces et les puissants. Elle a manifesté en faveur des peuples opprimés, elle a été pour la Pologne, pour la Grèce, elle a pris la défense de tous ceux qui souffraient, qui agonisaient sous la brutalité d'une foule ou d'un despote. Quand on disait que le Quartier latin s'embrasait, on pouvait être certain qu'il y avait derrière quelque flambée de juvénile justice, insoucieuse des ménagements, faisant d'enthousiasme une œuvre du cœur. Et quelle spontanéité alors, quel fleuve débordé coulant par les rues!

Je sais bien qu'aujourd'hui encore le prétexte est la patrie menacée, la France livrée à l'ennemi vainqueur, par une bande de traîtres. Seulement, je le demande, où trouvera-t-on la claire intuition des choses, la sensation instinctive de ce qui est vrai, de ce qui est juste, si ce n'est dans ces âmes neuves, dans ces jeunes gens qui naissent à la vie politique, dont rien encore ne devrait obscurcir la raison droite et bonne? Que les hommes politiques, gâtés par des années d'intrigues, que les journalistes, déséquilibrés par toutes les compromissions du métier, puissent accepter les plus impudents mensonges, se boucher les yeux à d'aveuglantes clartés, cela s'explique, se comprend. Mais elle, la jeunesse, elle est donc bien gangrenée déjà, pour que sa pureté, sa candeur naturelle, ne se reconnaisse pas d'un coup au milieu des inacceptables erreurs, et n'aille pas tout droit à ce qui est évident, à ce qui est limpide, d'une lumière honnête de plein jour!

Il n'est pas d'histoire plus simple. Un officier a été condamné, et personne ne songe à suspecter la bonne foi des juges. Ils l'ont frappé selon leur conscience, sur des preuves qu'ils ont crues certaines. Puis, un jour, il arrive qu'un homme, que plusieurs hommes ont des doutes, finissent par être convaincus qu'une des preuves, la plus importante, la seule du moins sur laquelle les juges se sont publiquement appuyés, a été faussement attribuée au condamné, que cette pièce est à n'en pas douter de la main d'un autre. Et ils le disent, et cet autre est dénoncé par le frère du prisonnier, dont le strict devoir était de le faire;

et voilà, forcément, qu'un nouveau procès commence, devant amener la révision du premier procès, s'il y a condamnation. Est-ce que tout cela n'est pas parfaitement clair, juste et raisonnable? Où y a-t-il, là-dedans, une machination, un noir complot pour sauver un traître? Le traître, on ne le nie pas, on veut seulement que ce soit un coupable et non un innocent qui expie le crime. Vous l'aurez toujours, votre traître, et il ne s'agit que de vous en donner un authentique.

Un peu de bon sens ne devrait-il pas suffire? A quel mobile obéiraient donc les hommes qui poursuivent la révision du procès Dreyfus? Ecartez l'imbécile antisémitisme, dont la monomanie féroce voit là un complot juif, l'or juif s'efforçant de remplacer un juif par un chrétien, dans la geôle infâme. Cela ne tient pas debout, les invraisemblances et les impossibilités croulent les unes sur les autres, tout l'or de la terre n'achèterait pas certaines consciences. Et il faut bien en arriver à la réalité, qui est l'expansion naturelle, lente, invincible de toute erreur judiciaire. L'histoire est là. Une erreur judiciaire est une force en marche: des hommes de conscience sont conquis, sont hantés, se dévouent de plus en plus obstinément, risquent leur fortune et leur vie, jusqu'à ce que justice soit faite. Et il n'y a pas d'autre explication possible à ce qui se passe aujourd'hui, le reste n'est qu'abominables passions politiques et religieuses, que torrent débordé de calomnies et d'injures.

Mais quelle excuse aurait la jeunesse, si les idées d'humanité et de justice se trouvaient obscurcies un instant en elle! Dans la séance du 4 décembre, une Chambre française s'est couverte de honte, en votant un ordre du jour « flétrissant les meneurs de la campagne odieuse qui trouble la conscience publique ». Je le dis hautement, pour l'avenir qui me lira, j'espère, un tel vote est indigne de notre généreux pays, et il restera comme une tache ineffaçable. « Les meneurs », ce sont les hommes de conscience et de bravoure, qui, certains d'une erreur judiciaire, l'ont dénoncée, pour que réparation fût faite, dans la conviction patriotique qu'une grande nation, où un innocent agoniserait parmi les tortures, serait une nation condamnée. « La campagne odieuse », c'est le cri de vérité, le cri de justice que ces hommes poussent, c'est l'obstination qu'ils mettent à vouloir que la France reste, devant les peuples qui la regardent, la France humaine, la France qui a fait la liberté et qui fera la justice. Et, vous le voyez bien, la Chambre a sûrement commis un crime, puisque voilà qu'elle a pourri jusqu'à la jeunesse de nos écoles, et que voilà celle-ci trompée, égarée, lâchée au travers de nos rues, manifestant, ce qui ne s'était jamais vu encore, contre tout ce qu'il y a de plus fier, de plus brave, de plus divin dans l'âme humaine!

Après la séance du Sénat, le 7, on a parlé d'écroulement pour M. Scheurer-Kestner. Ah! oui, quel écroulement, dans son cœur, dans son âme! Je m'imagine son angoisse, son tourment, lorsqu'il voit s'effondrer autour de lui tout ce qu'il a aimé de notre République, tout ce qu'il a aidé à conquérir pour elle, dans le bon combat de sa vie, la liberté d'abord, puis les mâles vertus de la loyauté, de la franchise et du courage civique.

Il est un des derniers de sa forte génération. Sous l'Empire, il a su ce que c'était qu'un peuple soumis à l'autorité d'un seul, se dévorant de fièvre et d'impatience, la bouche brutalement bâillonnée, devant les dénis de justice. Il a vu nos défaites, le cœur saignant, il en a su les causes, toutes dues à l'aveuglement, à l'imbécillité despotique. Plus tard, il a été de ceux qui ont travaillé le plus sagement, le plus ardemment, à relever le pays de ses décombres, à lui rendre son rang en Europe. Il date des temps héroïques de notre France républicaine, et je m'imagine qu'il pouvait croire avoir fait une œuvre bonne et solide, le despotisme chassé à jamais, la liberté conquise, j'entends surtout cette liberté humaine qui permet à chaque conscience d'affirmer son devoir, au milieu de la tolérance des autres opinions.

Ah bien, oui! Tout a pu être conquis, mais tout est par terre une fois encore. Il n'a autour de lui, en lui, que des ruines. Avoir été en proie au besoin de vérité, est un crime. Avoir voulu la justice, est un crime. L'affreux despotisme est revenu, le plus dur des bâillons est de nouveau sur les bouches. Ce n'est pas la botte d'un César qui écrase la conscience publique, c'est toute une Chambre qui flétrit ceux que la passion du juste embrase. Défense de parler! les poings écrasent les lèvres de ceux qui ont la vérité à défendre, on ameute les foules pour qu'elles réduisent les isolés au silence. Jamais une si monstrueuse oppression n'a été organisée, utilisée contre la discussion libre. Et la honteuse terreur règne, les plus braves deviennent lâches, personne n'ose plus dire ce qu'il pense, dans la peur d'être dénoncé comme vendu et traître. Les quelques journaux restés honnêtes sont à plat ventre devant leurs lecteurs, qu'on a fini par affoler avec de sottes histoires. Et aucun peuple, je crois, n'a traversé une heure plus trouble,

la botte d'un maître sur la
ttue pour échapper au sabre
x du mauvais juge. Remercie
s le crime d'acclamer le men-
avec la force brutale, l'intolé-
voracité des ambitieux. La dic-

s toujours avec la justice. Si
issait en toi, tu irais à tous les
pas de la justice de nos Codes,
des liens sociaux. Certes, il faut
une notion plus haute, la justice,
pe que tout jugement des hom-
admet l'innocence possible d'un
insulter les juges. N'est-ce donc
ui doive soulever ton enflammée
se lèvera pour exiger que justice
i qui n'es pas dans nos luttes d'in-
qui n'es encore engagée ni com-
ffaire louche, qui peux parler haut,
ute bonne foi?

sois humaine, sois généreuse. Si
mpons, sois avec nous, lorsque nous
t subit une peine effroyable, et que
en brise d'angoisse. Que l'on admette
eur possible, en face d'un châtiment
é, et la poitrine se serre, les larmes
Certes, les gardes-chiourme restent
i, toi, qui pleures encore, qui dois être
misères, à toutes les pitiés! Comment
ve chevaleresque, s'il est quelque part

plus boueuse, plus angoissante pour sa raison et pour sa dignité.

Alors, c'est vrai, tout le loyal et grand passé a dû s'écrouler chez M. Scheurer-Kestner. S'il croit encore à la bonté et à l'équité des hommes, c'est qu'il est d'un solide optimisme. On l'a traîné quotidiennement dans la boue, depuis trois semaines, pour avoir compromis l'honneur et la joie de sa vieillesse, à vouloir être juste. Il n'est point de plus douloureuse détresse, chez l'honnête homme, que de souffrir le martyre de son honnêteté. On assassine chez cet homme la foi en demain, on empoisonne son espoir; et, s'il meurt, il dit: « C'est fini, il n'y a plus rien, tout ce que j'ai fait de bon s'en va avec moi, la vertu n'est qu'un mot, le monde est noir et vide! »

Et, pour souffleter le patriotisme, on est allé choisir cet homme, qui est, dans nos Assemblées, le dernier représentant de l'Alsace-Lorraine! Lui, un vendu, un traître, un insulteur de l'armée, lorsque son nom aurait dû suffire pour rassurer les inquiétudes les plus ombrageuses! Sans doute, il avait eu la naïveté de croire que sa qualité d'Alsacien, son renom de patriote ardent seraient la garantie même de sa bonne foi, dans son rôle délicat de justicier. S'il s'occupait de cette affaire, n'était-ce pas dire que la conclusion prompte lui en semblait nécessaire à l'honneur de l'armée, à l'honneur de la patrie? Laissez-la traîner des semaines encore, tâchez d'étouffer la vérité, de vous refuser à la justice, et vous verrez bien si vous ne vous êtes pas donnés en risée à toute l'Europe, si vous n'avez pas mis la France au dernier rang des nations!

Non, non! les stupides passions politiques et religieuses ne veulent rien entendre, et la jeunesse de nos écoles donne au monde ce spectacle d'aller huer M. Scheurer-Kestner, le traître, le vendu, qui insulte l'armée et qui compromet la patrie!

Je sais bien que les quelques, jeunes gens qui manifestent ne sont pas toute la jeunesse, et qu'une centaine de tapageurs, dans la rue, font plus de bruit que dix mille travailleurs, studieusement enfermés chez eux. Mais les cent tapageurs ne sont-ils pas déjà de trop, et quel symptôme affligeant qu'un pareil mouvement, si restreint qu'il soit, puisse, à cette heure, se produire au Quartier latin!

Des jeunes gens antisémites, ça existe donc, cela? Il y a donc des cerveaux neufs, des âmes neuves, que cet imbécile poison a déjà déséquilibrés? Quelle tristesse, quelle inquiétude pour le vingtième siècle qui va s'ouvrir! Cent ans après la Déclaration des droits de l'homme, cent ans après l'acte suprême de tolérance et d'émancipation, on en revient aux guerres de religion, au plus odieux et au plus sot des fanatismes! Et encore cela se comprend chez certains hommes qui jouent leur rôle, qui ont une attitude à garder et une ambition vorace à satisfaire. Mais, chez les jeunes gens, chez ceux qui naissent et qui poussent pour cet épanouissement de tous les droits et de toutes les libertés, dont nous avons rêvé que resplendirait le prochain siècle! Ils sont les ouvriers attendus, et voilà déjà qu'ils se déclarent antisémites, c'est-à-dire qu'ils commenceront le siècle en massacrant tous les juifs, parce que ce sont des concitoyens d'une autre race et d'une autre foi! Une telle entrée en jouissance, pour la cité de nos rêves, la cité d'égalité et de fraternité! Si la jeunesse en était un martyr succombant sous la haine, de défendre sa cause et de le délivrer? Qui donc, si ce n'est toi, tentera la sublime aventure, se lancera dans une cause dangereuse et superbe, tiendra tête à un peuple, au nom de l'idéale justice? Et n'es-tu pas honteuse, enfin, que ce soient des aînés, des vieux, qui se passionnent, qui fassent aujourd'hui ta besogne de généreuse folie?

Ou allez-vous, jeunes gens, où allez-vous, étudiants, qui battez les rues, manifestant, jetant au milieu de nos discordes la bravoure et l'espoir de vos vingt ans?

— Nous allons à l'humanité, à la vérité, à la justice!

LETTRE À LA FRANCE

Ces pages ont paru en une brochure, qui a été mise en vente le 6 janvier 1898.

Elle était la deuxième de la série, et je comptais bien que la série serait longue. Je me trouvais très heureux de ce mode de publication, qui n'engageait que moi, en me laissant toute liberté et toute responsabilité. En outre, je n'étais plus resserré dans les dimensions étroites d'un article de journal, cela me permettait de m'étendre. Les événements marchaient, et je les attendais, résolu dès lors à tout dire, à lutter jusqu'au bout, pour que la vérité éclatât et que la justice fût rendue.

Dans les affreux jours de trouble moral que nous traversons, au moment où la conscience publique paraît s'obscurcir, c'est à toi que je m'adresse, France, à la nation, à la patrie!

Chaque matin, en lisant dans les journaux ce que tu sembles penser de cette lamentable affaire Dreyfus, ma stupeur grandit, ma raison se révolte davantage. Eh quoi? France, c'est toi qui en es là, à te faire une conviction des plus évidents mensonges, à te mettre contre quelques honnêtes gens avec la tourbe des malfaiteurs, à t'affoler sous l'imbécile prétexte que l'on insulte ton armée et que l'on complote de te vendre à l'ennemi, lorsque le désir des plus sages, des plus loyaux de tes enfants, est au contraire que tu restes, aux yeux de l'Europe attentive, la nation d'honneur, la nation d'humanité, de vérité et de justice?

Et c'est vrai, la grande masse en est là, surtout la masse des petits et des humbles, le peuple des villes, presque toute la province et toutes les campagnes, cette majorité considérable de ceux qui acceptent l'opinion des journaux ou des voisins, qui n'ont le moyen ni de se documenter, ni de réfléchir. Que s'est-il donc passé, comment ton peuple,

France, ton peuple de bon cœur et de bon sens, a-t-il pu en venir à cette férocité de la peur, à ces ténèbres de l'intolérance? On lui dit qu'il y a, dans la pire des tortures, un homme peut-être innocent, on a des preuves matérielles et morales que la révision du procès s'impose, et voilà ton peuple qui refuse violemment la lumière, qui se range derrière les sectaires et les bandits, derrière les gens dont l'intérêt est de laisser en terre le cadavre, lui qui, naguère encore, aurait démoli de nouveau la Bastille, pour en tirer un prisonnier!

Quelle angoisse et quelle tristesse, France, dans l'âme de ceux qui t'aiment, qui veulent ton honneur et ta grandeur! Je me penche avec détresse sur cette mer trouble et démontée de ton peuple, je me demande où sont les causes de la tempête qui menace d'emporter le meilleur de ta gloire. Rien n'est d'une plus mortelle gravité, je vois là d'inquiétants symptômes. Et j'oserai tout dire, car je n'ai jamais eu qu'une passion dans ma vie, la vérité, et je ne fais ici que continuer mon œuvre.

Songes-tu que le danger est justement dans ces ténèbres têtues de l'opinion publique? Cent journaux répètent quotidiennement que l'opinion publique ne veut pas que Dreyfus soit innocent, que sa culpabilité est nécessaire au salut de la patrie. Et sens-tu à quel point tu serais la coupable, si l'on s'autorisait d'un tel sophisme, en haut lieu, pour étouffer la vérité? C'est la France qui l'aurait voulu, c'est toi qui aurais exigé le crime, et quelle responsabilité un jour! Aussi, ceux de tes fils qui t'aiment et t'honorent, France, n'ont-ils qu'un devoir ardent, à cette heure grave, celui d'agir puissamment sur l'opinion, de l'éclairer, de la ramener, de la sauver de l'erreur où d'aveugles passions la poussent. Et il n'est pas de plus utile, de plus sainte besogne.

Ah! oui, de toute ma force, je leur parlerai, aux petits, aux humbles, à ceux qu'on empoisonne et qu'on fait délirer. Je ne me donne pas d'autre mission, je leur crierai où est vraiment l'âme de la patrie, son énergie invincible et son triomphe certain.

Voyez où en sont les choses. Un nouveau pas vient d'être fait, le commandant Esterhazy est déféré à un conseil de guerre. Comme je l'ai dit dès le premier jour, la vérité est en marche, et rien ne l'arrêtera. Malgré les mauvais vouloirs, chaque pas en avant sera fait, mathématiquement, à son heure. La vérité a en elle une puissance qui emporte tous les obstacles. Et, lorsqu'on lui barre le chemin, qu'on réussit à l'enfermer plus ou moins longtemps sous terre, elle s'y amasse, elle y prend une violence telle d'explosion, que, le jour où elle éclate, elle fait tout sauter avec elle. Essayez, cette fois, de la murer pendant quelques mois encore sous des mensonges ou dans un huis clos, et vous verrez bien si vous ne préparez pas, pour plus tard, le plus retentissant des désastres.

Mais, à mesure que la vérité avance, les mensonges s'entassent, pour nier qu'elle marche. Rien de plus significatif. Lorsque le général de Pellieux, chargé de l'enquête préalable, déposa son rapport, concluant à la culpabilité possible du commandant Esterhazy, la presse immonde inventa que, sur la volonté seule de ce dernier, le général Saussier hésitant, convaincu de son innocence, voulait bien, pour lui faire plaisir, le déférer à la justice militaire. Aujourd'hui, c'est mieux encore, les journaux racontent que, trois experts ayant de nouveau reconnu le bordereau comme l'œuvre certaine de Dreyfus, le commandant Ravary, dans son information judiciaire, avait abouti à la nécessité d'un non-lieu, et que, si le commandant Esterhazy allait passer devant un conseil de guerre, c'était qu'il avait forcé de nouveau la main au général Saussier, exigeant quand même des juges.

Cela n'est-il pas d'un comique intense et d'une parfaite bêtise! Voyez-vous cet accusé menant l'Affaire, dictant les arrêts? Voyez-vous un homme reconnu innocent, à la suite de deux enquêtes, et pour lequel on se donne le gros souci de réunir un tribunal, dans le seul but d'une comédie décorative, une sorte d'apothéose judiciaire? Ce serait simplement se moquer de la justice, du moment où l'on affirme que l'acquittement est certain, car la justice n'est pas faite pour juger les innocents, et il faut tout au moins que le jugement ne soit pas rédigé dans la coulisse, avant l'ouverture des débats. Puisque le commandant Esterhazy est déféré à un conseil de guerre, espérons, pour notre honneur national, que c'est là chose sérieuse, et non pas simple parade, destinée à l'amusement des badauds. Ma pauvre France, on te croit donc bien sotte, qu'on te raconte de pareilles histoires à dormir debout?

Et, de même, tout n'est pas mensonge, dans les informations que la presse immonde publie et qui devraient suffire à t'ouvrir les yeux. Pour ma part, je me refuse formellement à croire aux trois experts qui n'auraient pas reconnu, du premier coup d'œil, l'identité absolue entre l'écriture du commandant Esterhazy et celle du bordereau. Prenez dans la rue le petit enfant qui passe, faites-le monter, posez devant lui les deux pièces, et il répondra: « C'est le même monsieur qui a écrit les deux pages. » Il n'y a pas besoin d'experts, n'importe qui suffit, la ressemblance de certains mots crève les yeux. Et cela est si vrai, que le commandant a reconnu cette ressemblance effrayante, et que, pour l'expliquer, il prétend qu'on a décalqué plusieurs de ses lettres, toute une histoire d'une complication laborieuse, parfaitement puérile d'ailleurs, dont la presse s'est occupée pendant des semaines. Et l'on vient nous dire qu'on a trouvé trois experts, pour déclarer encore que le bordereau est bien de la main de Dreyfus! Ah! non, c'est trop, tant d'aplomb devient maladroit, les honnêtes gens vont finir par se fâcher, j'espère!

Certains journaux poussent les choses jusqu'à dire que le bordereau sera écarté, qu'il n'en sera pas même question devant le tribunal. Alors, de quoi sera-t-il question, et pourquoi le tribunal siégera-t-il? Tout le nœud de l'Affaire est là: si Dreyfus a été condamné sur une pièce écrite par un autre et qui suffise à faire condamner cet autre, la révision s'impose avec une logique irrésistible, car il ne peut y avoir deux coupables condamnés pour le même crime. Me Demange l'a répété formellement, on ne lui a communiqué que le bordereau, Dreyfus n'a été légalement condamné que sur le bordereau et, en admettant même qu'au mépris de toute légalité des pièces tenues secrètes existent, ce que personnellement je ne puis croire, qui oserait se refuser à la révision, lorsqu'il serait prouvé que le bordereau, la pièce seule connue, avouée, est de la main d'un autre? Et c'est pourquoi on accumule tant de mensonges autour du bordereau, qui est en somme toute l'Affaire.

Voilà donc un premier point à noter: l'opinion publique

est faite en grande partie de ces mensonges, de ces histoires extraordinaires et stupides, que la presse répand chaque matin. L'heure des responsabilités viendra, et il faudra régler le compte de cette presse immonde, qui nous déshonore aux yeux du monde entier. Certains journaux sont là dans leur rôle, ils n'ont jamais charrié que de la boue. Mais, parmi eux, quel étonnement, quelle tristesse, de trouver, par exemple, une feuille comme *L'Echo de Paris,* cette feuille littéraire, si souvent à l'avant-garde des idées, et qui fait, dans cette affaire Dreyfus, une si fâcheuse besogne! Les notes d'une violence, d'un parti pris scandaleux, ne sont pas signées. On les dit inspirées par ceux-là mêmes qui ont eu la désastreuse maladresse de faire condamner Dreyfus. M. Valentin Simond se doute-t-il qu'elles couvrent son journal d'opprobre? Et il est un autre journal dont l'attitude devrait soulever la conscience de tous les honnêtes gens, je veux parler du *Petit Journal.* Que les feuilles de tolérance tirant à quelques milliers d'exemplaires hurlent et mentent pour forcer leur tirage, cela se comprend, cela ne fait d'ailleurs qu'un mal restreint. Mais que le *Petit Journal,* tirant à plus d'un million d'exemplaires, s'adressant aux humbles, pénétrant partout, sème l'erreur, égare l'opinion, cela est d'une exceptionnelle gravité. Quand on a une telle charge d'âmes, quand on est le pasteur de tout un peuple, il faut être d'une probité intellectuelle scrupuleuse, sous peine de tomber au crime civique.

Et voilà donc, France, ce que je trouve d'abord, dans la démence qui t'emporte: les mensonges de la presse, le régime de contes ineptes, de basses injures, de perversions morales, auquel elle te met chaque matin. Comment pourrais-tu vouloir la vérité et la justice, lorsqu'on détraque à ce point toutes tes vertus légendaires, la clarté de ton intelligence et la solidité de ta raison?

Mais il est des faits plus graves encore, tout un ensemble de symptômes qui font, de la crise que tu traverses, un cas d'une leçon terrifiante, pour ceux qui savent voir et juger. L'affaire Dreyfus n'est qu'un incident déplorable. L'aveu terrible est la façon dont tu te comportes dans l'aventure. On a l'air bien portant, et tout d'un coup de petites taches apparaissent sur la peau: la mort est en vous. Tout ton empoisonnement politique et social vient de te monter à la face.

Pourquoi donc as-tu laissé crier, as-tu fini par crier toi-même, qu'on insultait ton armée, lorsque d'ardents patriotes ne voulaient au contraire que sa dignité et son honneur? Ton armée, mais, aujourd'hui, c'est toi tout entière; ce n'est pas tel chef, tel corps d'officiers, telle hiérarchie galonnée, ce sont tous tes enfants, prêts à défendre la terre française. Fais ton examen de conscience: était-ce vraiment ton armée que tu voulais défendre quand personne ne l'attaquait? n'était-ce pas plutôt le sabre que tu avais le brusque besoin d'acclamer? Je vois, pour mon compte, dans la bruyante ovation faite aux chefs qu'on disait insultés, un réveil, inconscient sans doute, du boulangisme latent, dont tu restes atteinte. Au fond, tu n'as pas encore le sang républicain, les panaches qui passent te font battre le cœur, un roi ne peut venir sans que tu en tombes amoureuse. Ton armée, ah bien! oui, tu n'y songes guère! C'est le général que tu veux dans ta couche. Et que l'affaire Dreyfus est loin! Pendant que le général Billot se faisait acclamer à la Chambre, je voyais l'ombre du sabre se dessiner sur la muraille. France, si tu ne te méfies, tu vas à la dictature.

Et sais-tu encore où tu vas, France? Tu vas à l'Eglise, tu retournes au passé, à ce passé d'intolérance et de théocratie, que les plus illustres de tes enfants ont combattu, ont cru tuer, en donnant leur intelligence et leur sang. Aujourd'hui, la tactique de l'antisémitisme est bien simple. Vainement le catholicisme s'efforçait d'agir sur le peuple, créait des cercles d'ouvriers, multipliait les pèlerinages, échouait à le reconquérir, à le ramener au pied des autels. C'était chose définitive, les églises restaient désertes, le peuple ne croyait plus. Et voilà que des circonstances ont permis de souffler au peuple la rage antisémite, on l'empoisonne de ce fanatisme, on le lance dans les rues, criant:

— A bas les juifs! à mort les juifs!

Quel triomphe, si l'on pouvait déchaîner une guerre religieuse! Certes, le peuple ne croit toujours pas; mais, n'est-ce pas le commencement de la croyance, que de recommencer l'intolérance du Moyen Age, que de faire brûler les juifs en place publique? Enfin, voilà donc le poison trouvé; et, quand on aura fait du peuple de France un fanatique et un bourreau, quand on lui aura arraché du cœur sa générosité, son amour des droits de l'homme, si durement conquis, Dieu fera sans doute le reste.

On a l'audace de nier la réaction cléricale. Mais elle est partout, elle éclate dans la politique, dans les arts, dans la presse, dans la rue! On persécute aujourd'hui les juifs, ce sera demain le tour des protestants; et déjà la campagne commence. La République est envahie par les réactionnaires de tous genres, ils l'adorent d'un brusque et terrible amour, ils l'embrassent pour l'étouffer. De tous côtés, en entend dire que l'idée de liberté fait banqueroute. Et, lorsque l'affaire Dreyfus s'est produite, cette haine croissante de la liberté a trouvé là une occasion extraordinaire, les passions se sont mises à flamber, même chez les inconscients. Ne voyez-vous pas que, si l'on s'est rué sur M. Scheurer-Kestner avec cette fureur, c'est qu'il est d'une génération qui a cru à la liberté, qui a voulu la liberté? Aujourd'hui, on hausse les épaules, on se moque: de vieilles barbes, des bonshommes démodés. Sa défaite consommerait la ruine des fondateurs de la République, de ceux qui sont morts, de ceux qu'on a essayé d'enterrer dans la boue. Ils ont abattu le sabre, ils sont sortis de l'Eglise, et voilà pourquoi ce grand honnête homme de Scheurer-Kestner est aujourd'hui un bandit. Il faut le noyer sous la honte, pour que la République elle-même soit salie et emportée.

Puis, voilà, d'autre part, que cette affaire Dreyfus étale au plein jour la louche cuisine du parlementarisme, ce qui le souille et le tuera. Elle tombe, fâcheusement pour elle, à la fin d'une législature, lorsqu'il n'y a plus que trois ou quatre mois pour sophistiquer la législature prochaine. Le ministère au pouvoir veut naturellement faire les élections, et les députés veulent avec autant d'énergie se faire réélire. Alors, plutôt que de lâcher les portefeuilles, plutôt que de compromettre les chances d'élection, tous sont résolus aux actes extrêmes. Le naufragé ne s'attache pas plus étroitement à sa planche de salut. Et tout est là, tout s'explique: d'une part, l'attitude extraordinaire du ministère dans l'affaire Dreyfus, son silence, son embarras, la mauvaise action qu'il commet en laissant le pays agoniser sous l'imposture, lorsqu'il avait charge de faire lui-même la vérité; d'autre part, le désintéressement si peu brave des députés, qui affectent de ne rien savoir, qui ont l'unique peur de compromettre leur réélection, en s'aliénant le peuple qu'ils croient antisémite. On vous le dit couramment:

— Ah! si les élections étaient faites, vous verriez le gouvernement et le Parlement régler la question Dreyfus en vingt-quatre heures!

Et voilà ce que la basse cuisine du parlementarisme fait d'un grand peuple!

France, c'est donc de cela encore que ton opinion est faite, du besoin du sabre, de la réaction cléricale qui te ramène de plusieurs siècles en arrière, de l'ambition vorace de ceux qui te gouvernent, qui te mangent et qui ne veulent pas sortir de table!

Je t'en conjure, France, sois encore la grande France, reviens à toi, retrouve-toi.

Deux aventures néfastes sont l'œuvre unique de l'antisémitisme: le Panama et l'affaire Dreyfus. Qu'on se souvienne par quelles délations, par quels abominables commérages, par quelles publications de pièces fausses ou volées, la presse immonde a fait du Panama un ulcère affreux qui a rongé et débilité le pays pendant des années. Elle avait affolé l'opinion; toute la nation pervertie, ivre du poison, voyait rouge, exigeait des comptes, demandait l'exécution en masse du Parlement, puisqu'il était pourri. Ah! si Arton revenait, s'il parlait! Il est revenu, il a parlé, et tous les mensonges de la presse immonde se sont écroulés, à ce point même que l'opinion, brusquement retournée, n'a plus voulu soupçonner un seul coupable, a exigé l'acquittement en masse. Certes, je m'imagine que toutes les consciences n'étaient pas très pures, car il s'était passé là ce qui se passe dans tous les Parlements du monde, lorsque de grandes entreprises remuent des millions. Mais l'opinion était prise à la fin de la nausée de l'ignoble, on avait trop sali de gens, on lui en avait trop dénoncé, elle éprouvait l'impérieux besoin de se laver d'air pur et de croire à l'innocence de tous.

Eh bien! je le prédis, c'est ce qui se passera pour l'affaire Dreyfus, l'autre crime social de l'antisémitisme. De nouveau, la presse immonde sature trop l'opinion de mensonges et d'infamies. Elle veut trop que les honnêtes gens soient des gredins, que les gredins soient des honnêtes gens. Elle lance trop d'histoires imbéciles, auxquelles les enfants eux-mêmes finissent par ne plus croire. Elle s'attire trop de démentis, elle va trop contre le bon sens et contre la simple probité. Et c'est fatal, l'opinion finira par se révolter un de ces beaux matins, dans un brusque haut-le-cœur, quand on l'aura trop nourrie de fange. Et, comme pour le Panama, vous la verrez, pour l'affaire Dreyfus, peser de tout son poids, vouloir qu'il n'y ait plus de traîtres, exiger la vérité et la justice, dans cette explosion de générosité souveraine. Ainsi sera jugé et condamné l'antisémitisme, sur ses œuvres, les deux mortelles aventures où le pays a laissé de sa dignité et de sa santé.

C'est pourquoi, France, je t'en supplie, reviens à toi, retrouve-toi, sans attendre davantage. La vérité, on ne peut te la dire, puisque la justice est régulièrement saisie et qu'il faut bien croire qu'elle est décidée à la faire. Les juges seuls ont la parole, le devoir de parler ne s'imposerait que s'ils ne faisaient pas la vérité tout entière. Mais, cette vérité, qui est si simple, une erreur d'abord, puis toutes les fautes pour la cacher, ne la soupçonnes-tu donc pas? Les faits ont parlé si clairement, chaque phase de l'enquête a été un aveu: le commandant Esterhazy couvert d'inexplicables protections, le colonel Picquart traité en coupable, abreuvé d'outrages, les ministres jouant sur les mots, les journaux officieux mentant avec violence, l'instruction première menée comme à tâtons, d'une désespérante lenteur. Ne trouves-tu pas que cela sent mauvais, que cela sent le cadavre, et qu'il faut vraiment qu'on ait bien des choses à cacher, pour qu'on se laisse ainsi défendre ouvertement par toute la fripouille de Paris, lorsque ce sont des honnêtes gens qui demandent la lumière, au prix de leur tranquillité?

France, réveille-toi, songe à ta gloire. Comment est-il possible que ta bourgeoisie libérale, que ton peuple émancipé, ne voient pas, dans cette crise, à quelle aberration on les jette? Je ne puis les croire complices, ils sont dupes alors, puisqu'ils ne se rendent pas compte de ce qu'il y a derrière: d'une part la dictature militaire, de l'autre la réaction cléricale. Est-ce cela que tu veux, France, la mise en péril de tout ce que tu as si chèrement payé, la tolérance religieuse, la justice égale pour tous, la solidarité fraternelle de tous les citoyens? Il suffit qu'il y ait des doutes sur la culpabilité de Dreyfus, et que tu le laisses à sa torture, pour que ta glorieuse conquête du droit et de la liberté soit à jamais compromise. Quoi! nous resterons à peine une poignée à dire ces choses, tous tes enfants honnêtes ne se lèveront pas pour être avec nous, tous les libres esprits, tous les cœurs larges qui ont fondé la République et qui devraient trembler de la voir en péril!

C'est à ceux-là, France, que je fais appel. Qu'ils se groupent, qu'ils écrivent, qu'ils parlent! Qu'ils travaillent avec nous à éclairer l'opinion, les petits, les humbles, ceux qu'on empoisonne et qu'on fait délirer! L'âme de la patrie, son énergie, son triomphe ne sont que dans l'équité et la générosité.

Ma seule inquiétude est que la lumière ne soit pas faite tout entière et tout de suite. Après une instruction secrète, un jugement à huis clos ne terminerait rien. Alors seulement l'Affaire commencerait, car il faudrait bien parler, puisque se taire serait se rendre complice. Quelle folie de croire qu'on peut empêcher l'Histoire d'être écrite! Elle sera écrite, cette histoire, et il n'est pas une responsabilité, si mince soit-elle, qui ne se paiera.

Et ce sera pour ta gloire finale, France, car je suis sans crainte au fond, je sais qu'on aura beau attenter à ta raison et à ta santé, tu es quand même l'avenir, tu auras toujours des réveils triomphants de vérité et de justice!

LETTRE À M. FÉLIX FAURE

Président de la République

Ces pages ont paru dans l'*Aurore*, le 13 janvier 1898.

Ce qu'on ignore, c'est qu'elles furent d'abord imprimées en une brochure, comme les deux lettres précédentes. Au moment de mettre cette brochure en vente, la pensée me vint de donner à ma lettre une publicité plus large, plus retentissante, en la publiant dans un journal. L'*Aurore* avait déjà pris parti, avec une indépendance, un courage admirables, et je m'adressai naturellement à elle. Depuis ce jour, ce journal est devenu pour moi l'asile, la tribune de liberté et de vérité, où j'ai pu tout dire. J'en ai gardé au directeur, M. Ernest Vaughan, une grande reconnaissance. — Après la vente de l'*Aurore* à trois cent mille exemplaires, et les poursuites judiciaires qui suivirent, la brochure resta même en magasin. D'ailleurs, au lendemain de l'acte que j'avais résolu et accompli, je croyais devoir garder le silence, dans l'attente de mon procès et des conséquences que j'en espérais.

Monsieur le Président,

Me permettez-vous, dans ma gratitude pour le bien-veillant accueil que vous m'avez fait un jour, d'avoir le souci de votre juste gloire et de vous dire que votre étoile, si heureuse jusqu'ici, est menacée de la plus honteuse, de la plus ineffaçable des taches?

Vous êtes sorti sain et sauf des basses calomnies, vous avez conquis les cœurs. Vous apparaissez rayonnant dans l'apothéose de cette fête patriotique que l'alliance russe a été pour la France, et vous vous préparez à présider au solennel triomphe de notre Exposition universelle, qui couronnera notre grand siècle de travail, de vérité et de liberté. Mais quelle tache de boue sur votre nom — j'allais dire sur votre règne — que cette abominable affaire Drey-fus! Un conseil de guerre vient, par ordre, d'oser acquitter un Esterhazy, soufflet suprême à toute vérité, à toute jus-tice. Et c'est fini, la France a sur la joue cette souillure, l'Histoire écrira que c'est sous votre présidence qu'un tel crime social a pu être commis.

Puisqu'ils ont osé, j'oserai aussi, moi. La vérité, je la dirai, car j'ai promis de la dire, si la justice, régulièrement saisie, ne la faisait pas, pleine et entière. Mon devoir est de parler, je ne veux pas être complice. Mes nuits seraient hantées par le spectre de l'innocent qui expie là-bas, dans la plus affreuse des tortures, un crime qu'il n'a pas commis.

Et c'est à vous, Monsieur le Président, que je la crierai, cette vérité, de toute la force de ma révolte d'honnête homme. Pour votre honneur, je suis convaincu que vous l'ignorez. Et à qui donc dénoncerai-je la tourbe malfaisante des vrais coupables, si ce n'est à vous, le premier magistrat du pays?

La vérité d'abord sur le procès et sur la condamnation de Dreyfus.

Un homme néfaste a tout mené, a tout fait, c'est le lieutenant-colonel du Paty de Clam, alors simple commandant. Il est l'affaire Dreyfus tout entière; on ne la connaîtra que lorsqu'une enquête loyale aura établi nettement ses actes et ses responsabilités. Il apparaît comme l'esprit le plus fumeux, le plus compliqué, hanté d'intrigues romanesques, se complaisant aux moyens des romans-feuilletons, les papiers volés, les lettres anonymes, les rendez-vous dans les endroits déserts, les femmes mystérieuses qui colportent, de nuit, des preuves accablantes. C'est lui qui imagina de dicter le bordereau à Dreyfus; c'est lui qui rêva de l'étudier dans une pièce entièrement revêtue de glaces; c'est lui que le commandant Forzinetti nous représente armé d'une lanterne sourde, voulant se faire introduire près de l'accusé, endormi, pour projeter sur son visage un brusque flot de lumière et surprendre ainsi son crime, dans l'émoi du réveil. Et je n'ai pas à tout dire, qu'on cherche, on trouvera. Je déclare simplement que le commandant du Paty de Clam, chargé d'instruire l'affaire Dreyfus, comme officier judiciaire, est, dans l'ordre des dates et des responsabilités, le premier coupable de l'effroyable erreur judiciaire qui a été commise.

Le bordereau était depuis quelque temps déjà entre les mains du colonel Sandherr, directeur du Bureau des renseignements, mort depuis de paralysie générale. Des « fuites » avaient lieu, des papiers disparaissaient, comme il en disparaît aujourd'hui encore; et l'auteur du bordereau était recherché, lorsqu'un a priori se fit peu à peu que cet auteur ne pouvait être qu'un officier de l'état-major, et un officier d'artillerie: double erreur manifeste, qui montre avec quel esprit superficiel on avait étudié ce bordereau, car un examen raisonné démontre qu'il ne pouvait s'agir que d'un officier de troupe.

On cherchait donc dans la maison, on examinait les écritures, c'était comme une affaire de famille, un traître à surprendre dans les bureaux mêmes, pour l'en expulser. Et, sans que je veuille refaire ici une histoire connue en partie, le commandant du Paty de Clam entre en scène, dès qu'un premier soupçon tombe sur Dreyfus. A partir de ce moment, c'est lui qui a inventé Dreyfus, l'Affaire devient son affaire, il se fait fort de confondre le traître, de l'amener à des aveux complets. Il y a bien le ministre de la Guerre, le général Mercier, dont l'intelligence semble médiocre; il y a bien le chef de l'état-major, le général de Boisdeffre, qui paraît avoir cédé à sa passion cléricale, et le sous-chef de l'état-major, le général Gonse, dont la conscience a pu s'accommoder de beaucoup de choses. Mais, au fond, il n'y a d'abord que le commandant du Paty de Clam, qui les mène tous, qui les hypnotise, car il s'occupe aussi de spiritisme, d'occultisme, il converse avec les esprits. On ne saurait concevoir les expériences auxquelles il a soumis le malheureux Dreyfus, les pièges dans lesquels il a voulu le faire tomber, les enquêtes folles, les imaginations monstrueuses, toute une démence torturante.

Ah! cette première affaire, elle est un cauchemar, pour qui la connaît dans ses détails vrais! Le commandant du Paty de Clam arrête Dreyfus, le met au secret. Il court chez Mme Dreyfus, la terrorise, lui dit que, si elle parle, son mari est perdu. Pendant ce temps, le malheureux s'arrachait la chair, hurlait son innocence. Et l'instruction a été faite ainsi, comme dans une chronique du XVe siècle, au milieu du mystère, avec une complication d'expédients farouches, tout cela basé sur une seule charge enfantine, ce bordereau imbécile, qui n'était pas seulement une trahison vulgaire, qui était aussi la plus impudente des escroqueries, car les fameux secrets livrés se trouvaient presque tous sans valeur. Si j'insiste, c'est que l'œuf est ici, d'où va sortir plus tard le vrai crime, l'épouvantable déni de justice dont la France est malade. Je voudrais faire toucher du doigt comment l'erreur judiciaire a pu être possible, comment elle est née des machinations du commandant du Paty de Clam, comment le général Mercier, les généraux de Boisdeffre et Gonse ont pu s'y laisser prendre, engager peu à peu leur responsabilité dans cette erreur, qu'ils ont cru devoir, plus tard, imposer comme la vérité sainte, une vérité qui ne se discute même pas. Au début, il n'y a donc, de leur part, que de l'incurie et de l'inintelligence. Tout au plus, les sent-on céder aux passions religieuses du milieu et aux préjugés de l'esprit de corps. Ils ont laissé faire la sottise.

Mais voici Dreyfus devant le conseil de guerre. Le huis clos le plus absolu est exigé. Un traître aurait ouvert la frontière à l'ennemi, pour conduire l'empereur allemand jusqu'à Notre-Dame, qu'on ne prendrait pas des mesures de silence et de mystère plus étroites. La nation est frappée de stupeur, on chuchote des faits terribles, de ces trahisons monstrueuses qui indignent l'Histoire; et naturellement la nation s'incline. Il n'y a pas de châtiment assez sévère, elle applaudira à la dégradation publique, elle voudra que le coupable reste sur son rocher d'infamie, dévoré par le remords. Est-ce donc vrai, les choses indicibles, les choses dangereuses, capables de mettre l'Europe en flammes, qu'on a dû enterrer soigneusement derrière ce huis clos? Non! il n'y a eu, derrière, que les imaginations romanesques et démentes du commandant du Paty de Clam. Tout cela n'a été fait que pour cacher le plus saugrenu des romans-feuilletons. Et il suffit, pour s'en assurer, d'étudier attentivement l'acte d'accusation, lu devant le conseil de guerre.

Ah! le néant de cet acte d'accusation! Qu'un homme ait pu être condamné sur cet acte, c'est un prodige d'iniquité. Je défie les honnêtes gens de le lire, sans que leur cœur bondisse d'indignation et crie leur révolte, en pensant à l'expiation démesurée, là-bas, à l'île du Diable. Dreyfus sait plusieurs langues, crime; on n'a trouvé chez lui aucun papier compromettant, crime; il va parfois dans son pays d'origine, crime; il est laborieux, il a le souci de tout savoir, crime; il ne se trouble pas, crime; il se trouble, crime. Et les naïvetés de rédaction, les formelles assertions dans le vide! On nous avait parlé de quatorze chefs d'accusation: nous n'en trouvons qu'une seule en fin de compte, celle du bordereau; et nous apprenons même que les experts n'étaient pas d'accord, qu'un d'eux, M. Gobert, a été bousculé militairement, parce qu'il se permettait de ne pas conclure dans le sens désiré. On parlait aussi de vingt-trois officiers qui étaient venus accabler Dreyfus de leurs témoignages. Nous ignorons encore leurs interrogatoires, mais il est certain que tous ne l'avaient pas chargé; et il est à remarquer, en outre, que tous appartenaient aux bureaux de la Guerre. C'est un procès de famille, on est là entre soi, et il faut s'en souvenir: l'état-major a voulu le procès, l'a jugé, et il vient de le juger une seconde fois.

Donc, il ne restait que le bordereau, sur lequel les experts ne s'étaient pas entendus. On raconte que, dans la chambre du conseil, les juges allaient naturellement acquitter. Et, dès lors, comme l'on comprend l'obstination désespérée avec laquelle, pour justifier la condamnation, on affirme aujourd'hui l'existence d'une pièce secrète, accablante, la pièce qu'on ne peut montrer, qui légitime tout, devant laquelle nous devons nous incliner, le Bon Dieu invisible et inconnaissable! Je la nie, cette pièce, je la nie de toute ma puissance! Une pièce ridicule, oui, peut-être la pièce où il est question de petites femmes, et où il est parlé d'un certain D... qui devient trop exigeant: quelque mari sans doute trouvant qu'on ne lui payait pas sa femme assez cher. Mais une pièce intéressant la défense nationale, qu'on ne saurait produire sans que la guerre fût déclarée demain, non, non! c'est un mensonge! Et cela est d'autant plus odieux et cynique qu'ils mentent impunément sans qu'on puisse les en convaincre. Ils ameutent la France, ils se cachent derrière sa légitime émotion, ils ferment les bouches en troublant les cœurs, en pervertissant les esprits. Je ne connais pas de plus grand crime civique.

Voilà donc, Monsieur le Président, les faits qui expliquent comment une erreur judiciaire a pu être commise; et les preuves morales, la situation de fortune de Dreyfus, l'absence de motifs, son continuel cri d'innocence, achèvent de le montrer comme une victime des extraordinaires imaginations du commandant du Paty de Clam, du milieu clérical où il se trouvait, de la chasse aux « sales juifs », qui déshonore notre époque.

Et nous arrivons à l'affaire Esterhazy. Trois ans se sont passés, beaucoup de consciences restent troublées profondément, s'inquiètent, cherchent, finissent par se convaincre de l'innocence de Dreyfus.

Je ne ferai pas l'historique des doutes, puis de la conviction de M. Scheurer-Kestner. Mais, pendant qu'il fouillait de son côté, il se passait des faits graves à l'état-major même. Le colonel Sandherr était mort, et le lieutenant-colonel Picquart lui avait succédé comme chef du Bureau des renseignements. Et c'est à ce titre, dans l'exercice de ses fonctions, que ce dernier eut un jour entre les mains une lettre-télégramme, adressée au commandant Esterhazy, par un agent d'une puissance étrangère. Son devoir strict était d'ouvrir une enquête. La certitude est qu'il n'a jamais agi en dehors de la volonté de ses supérieurs. Il soumit donc ses soupçons à ses supérieurs hiérarchiques, le général Gonse, puis le général de Boisdeffre, puis le général Billot, qui avait succédé au général Mercier comme ministre de la Guerre. Le fameux dossier Picquart, dont il a été tant parlé, n'a jamais été que le dossier Billot, j'entends le dossier fait par un subordonné pour son ministre, le dossier qui doit exister encore au Ministère de la guerre. Les recherches durèrent de mai à septembre 1896, et ce qu'il faut affirmer bien haut, c'est que le général Gonse était convaincu de la culpabilité d'Esterhazy, c'est que le général de Boisdeffre et le général Billot ne mettaient pas en doute que le bordereau ne fût de l'écriture d'Esterhazy. L'enquête du lieutenant-colonel Picquart avait abouti à cette constatation certaine. Mais l'émoi était grand, car la condamnation d'Esterhazy entraînait inévitablement la révision du procès Dreyfus; et c'était ce que l'état-major ne voulait à aucun prix.

Il dut y avoir là une minute psychologique pleine d'angoisse. Remarquez que le général Billot n'était compromis dans rien, il arrivait tout frais, il pouvait faire la vérité. Il n'osa pas, dans la terreur sans doute de l'opinion publique, certainement aussi dans la crainte de livrer tout l'état-major, le général de Boisdeffre, le général Gonse, sans compter les sous-ordres. Puis, ce ne fut là qu'une minute de combat entre sa conscience et ce qu'il croyait être l'intérêt militaire. Quand cette minute fut passée, il était déjà trop tard. Il s'était engagé, il était compromis. Et, depuis lors, sa responsabilité n'a fait que grandir, il a pris à sa charge le crime des autres, il est aussi coupable que les autres, il est plus coupable qu'eux, car il a été le maître de faire justice, et il n'a rien fait. Comprenez-vous cela! voici un an que le général Billot, que les généraux de Boisdeffre et Gonse savent que Dreyfus est innocent, et ils ont gardé pour eux cette effroyable chose! Et ces gens-là dorment, et ils ont des femmes et des enfants qu'ils aiment!

Le lieutenant-colonel Picquart avait rempli son devoir d'honnête homme. Il insistait auprès de ses supérieurs, au nom de la justice. Il les suppliait même, il leur disait combien leurs délais étaient impolitiques, devant le terrible orage qui s'amoncelait, qui devait éclater, lorsque la vérité serait connue. Ce fut, plus tard, le langage que M. Scheurer-Kestner tint également au général Billot, l'adjurant par patriotisme de prendre en main l'Affaire, de ne pas la laisser s'aggraver, au point de devenir un désastre public. Non! le crime était commis, l'état-major ne pouvait plus avouer son crime. Et le lieutenant-colonel Picquart fut envoyé en mission, on l'éloigna de plus en plus loin, jusqu'en Tunisie, où l'on voulut même un jour honorer sa bravoure, en le chargeant d'une mission qui l'aurait sûrement fait massacrer, dans les parages où le marquis de Morès a trouvé la mort. Il n'était pas en disgrâce, le général Gonse entretenait avec lui une correspondance amicale. Seulement, il est des secrets qu'il ne fait pas bon d'avoir surpris.

A Paris, la vérité marchait, irrésistible, et l'on sait de quelle façon l'orage attendu éclata. M. Mathieu Dreyfus dénonça le commandant Esterhazy comme le véritable auteur du bordereau, au moment où M. Scheurer-Kestner allait déposer, entre les mains du garde des sceaux, une demande en révision du procès. Et c'est ici que le commandant Esterhazy paraît. Des témoignages le montrent d'abord affolé, prêt au suicide ou à la fuite. Puis, tout d'un coup, il paie d'audace, il étonne Paris par la violence de son attitude. C'est que du secours lui était venu, il avait reçu une lettre anonyme l'avertissant des menées de ses ennemis, une dame mystérieuse s'était même dérangée de nuit pour lui remettre une pièce volée à l'état-major, qui devait le sauver. Et je ne puis m'empêcher de retrouver là le lieutenant-colonel du Paty de Clam, en reconnaissant les expédients de son imagination fertile. Son œuvre, la culpabilité de Dreyfus, était en péril, et il a voulu sûrement défendre son œuvre. La révision du procès, mais c'était l'écroulement du roman-feuilleton si extravagant, si tragique, dont le dénouement abominable a lieu à l'île du Diable! C'est ce qu'il ne pouvait permettre. Dès lors, le duel va avoir lieu entre le lieutenant-colonel Picquart et le lieutenant-colonel du Paty de Clam, l'un le visage découvert, l'autre masqué. On les retrouvera prochainement tous deux devant la justice civile. Au fond, c'est toujours l'état-major qui se défend, qui ne veut pas avouer son crime, dont l'abomination grandit d'heure en heure.

On s'est demandé avec stupeur quels étaient les protecteurs du commandant Esterhazy. C'est d'abord, dans l'ombre, le lieutenant-colonel du Paty de Clam qui a tout machiné, qui a tout conduit. Sa main se trahit aux moyens saugrenus. Puis, c'est le général de Boisdeffre, c'est le général Gonse, c'est le général Billot lui-même, qui sont bien obligés de faire acquitter le commandant, puisqu'ils ne peuvent laisser reconnaître l'innocence de Dreyfus, sans que les bureaux de la Guerre croulent dans le mépris public. Et le beau résultat de cette situation prodigieuse est que l'honnête homme, là-dedans, le lieutenant-colonel Picquart, qui seul a fait son devoir, va être la victime, celui qu'on bafouera et qu'on punira. O justice, quelle affreuse désespérance serre le cœur! On va jusqu'à dire que c'est lui le faussaire, qu'il a fabriqué la carte-télégramme pour perdre Esterhazy. Mais, grand Dieu! pourquoi? dans quel but? Donnez un motif. Est-ce que celui-là aussi est payé par les juifs? Le joli de l'histoire est qu'il était justement antisémite. Oui! nous assistons à ce spectacle infâme, des hommes perdus de dettes et de crimes dont on proclame l'innocence, tandis qu'on frappe l'honneur même, un homme à la vie sans tache! Quand une société en est là, elle tombe en décomposition.

Voilà donc, Monsieur le Président, l'affaire Esterhazy: un coupable qu'il s'agissait d'innocenter. Depuis bientôt deux mois, nous pouvons suivre heure par heure la belle besogne. J'abrège, car ce n'est ici, en gros, que le résumé de l'histoire dont les brûlantes pages seront un jour écrites tout au long. Et nous avons donc vu le général de Pellieux, puis le commandant Ravary, conduire une enquête scélérate d'où les coquins sortent transfigurés et les honnêtes gens salis. Puis, on a convoqué le conseil de guerre.

Comment a-t-on pu espérer qu'un conseil de guerre déferait ce qu'un conseil de guerre avait fait?

Je ne parle même pas du choix toujours possible des juges. L'idée supérieure de discipline, qui est dans le sang de ces soldats, ne suffit-elle à infirmer leur pouvoir d'équité? Qui dit discipline dit obéissance. Lorsque le ministre de la Guerre, le grand chef, a établi publiquement, aux acclamations de la représentation nationale, l'autorité de la chose jugée, vous voulez qu'un conseil de guerre lui donne un formel démenti? Hiérarchiquement, cela est impossible. Le général Billot a suggestionné les juges par sa déclaration, et ils ont jugé comme ils doivent aller au feu, sans raisonner. L'opinion préconçue qu'ils ont apportée sur leur siège, est évidemment celle-ci : « Dreyfus a été condamné pour crime de trahison par un conseil de guerre, il est donc coupable ; et nous, conseil de guerre, nous ne pouvons le déclarer innocent ; or nous savons que reconnaître la culpabilité d'Esterhazy, ce serait proclamer l'innocence de Dreyfus. » Rien ne pouvait les faire sortir de là.

Ils ont rendu une sentence inique, qui à jamais pèsera sur nos conseils de guerre, qui entachera désormais de suspicion tous leurs arrêts. Le premier conseil de guerre a pu être inintelligent, le second est forcément criminel. Son excuse, je le répète, est que le chef suprême avait parlé, déclarant la chose jugée inattaquable, sainte et supérieure aux hommes, de sorte que des inférieurs ne pouvaient dire le contraire. On nous parle de l'honneur de l'armée, on veut que nous l'aimions, la respections. Ah! certes, oui, l'armée qui se lèverait à la première menace, qui défendrait la terre française, elle est tout le peuple, et nous n'avons pour elle que tendresse et respect. Mais il ne s'agit pas d'elle, dont nous voulons justement la dignité, dans notre besoin de justice. Il s'agit du sabre, le maître qu'on nous donnera demain peut-être. Et baiser dévotement la poignée du sabre, le dieu, non!

Je l'ai démontré d'autre part : l'affaire Dreyfus était l'affaire des bureaux de la Guerre, un officier de l'état-major, dénoncé par ses camarades de l'état-major, condamné sous la pression des chefs de l'état-major. Encore une fois, il ne peut revenir innocent sans que tout l'état-major soit coupable. Aussi les bureaux, par tous les moyens imaginables, par des campagnes de presse, par des communications, par des influences, n'ont-ils couvert Esterhazy que pour perdre une seconde fois Dreyfus. Quel coup de balai le gouvernement républicain devrait donner dans cette jésuitière, ainsi que les appelle le général Billot lui-même! Où est-il, le ministère vraiment fort et d'un patriotisme sage, qui osera tout y refondre et tout y renouveler? Que de gens je connais qui, devant une guerre possible, tremblent d'angoisse, en sachant dans quelles mains est la défense nationale! et quel nid de basses intrigues, de commérages et de dilapidations, est devenu cet asile sacré, où se décide le sort de la patrie! On s'épouvante devant le jour terrible que vient d'y jeter l'affaire Dreyfus, ce sacrifice humain d'un malheureux, d'un « sale juif »! Ah! tout ce qui s'est agité là de démence et de sottise, des imaginations folles, des pratiques de basse police, des mœurs d'inquisition et de tyrannie, le bon plaisir de quelques galonnés mettant leurs bottes sur la nation, lui rentrant dans la gorge son cri de vérité et de justice, sous le prétexte menteur et sacrilège de la raison d'Etat!

Et c'est un crime encore que de s'être appuyé sur la presse immonde, que de s'être laissé défendre par toute la fripouille de Paris, de sorte que voilà la fripouille qui triomphe insolemment, dans la défaite du droit et de la simple probité. C'est un crime d'avoir accusé de troubler la France ceux qui la veulent généreuse, à la tête des nations libres et justes, lorsqu'on ourdit soi-même l'impudent complot d'imposer l'erreur, devant le monde entier. C'est un crime d'égarer l'opinion, d'utiliser pour une besogne de mort cette opinion qu'on a pervertie jusqu'à la faire délirer. C'est un crime d'empoisonner les petits et les humbles, d'exaspérer les passions de réaction et d'intolé-

109

rance, en s'abritant derrière l'odieux antisémitisme, dont la grande France libérale des droits de l'homme mourra, si elle n'en est pas guérie. C'est un crime que d'exploiter le patriotisme pour des œuvres de haine, et c'est un crime, enfin, que de faire du sabre le dieu moderne, lorsque toute la science humaine est au travail pour l'œuvre prochaine de vérité et de justice.

Cette vérité, cette justice, que nous avons si passionnément voulues, quelle détresse à les voir ainsi souffletées, plus méconnues et plus obscurcies! Je me doute de l'écroulement qui doit avoir lieu dans l'âme de M. Scheurer-Kestner, et je crois bien qu'il finira par éprouver un remords, celui de n'avoir pas agi révolutionnairement, le jour de l'interpellation au Sénat, en lâchant tout le paquet, pour tout jeter à bas. Il a été le grand honnête homme, l'homme de sa vie loyale, il a cru que la vérité se suffisait à elle-même, surtout lorsqu'elle lui apparaissait éclatante comme le plein jour. A quoi bon tout bouleverser, puisque bientôt le soleil allait luire? Et c'est de cette sérénité confiante dont il est si cruellement puni. De même pour le lieutenant-colonel Picquart, qui, par un sentiment de haute dignité, n'a pas voulu publier les lettres du général Gonse. Ces scrupules l'honorent d'autant plus que, pendant qu'il restait respectueux de la discipline, ses supérieurs le faisaient couvrir de boue, instruisaient eux-mêmes son procès, de la façon la plus inattendue et la plus outrageante. Il y a deux victimes, deux braves gens, deux cœurs simples, qui ont laissé faire Dieu, tandis que le diable agissait. Et l'on a même vu, pour le lieutenant-colonel Picquart, cette chose ignoble: un tribunal français, après avoir laissé le rapporteur charger publiquement un témoin, l'accuser de toutes les fautes, a fait le huis clos, lorsque ce témoin a été introduit pour s'expliquer et se défendre. Je dis que ceci est un crime de plus et que ce crime soulèvera la conscience universelle. Décidément, les tribunaux militaires se font une singulière idée de la justice.

Telle est donc la simple vérité, Monsieur le Président, et elle est effroyable, elle restera pour votre présidence une souillure. Je me doute bien que vous n'avez aucun pouvoir en cette affaire, que vous êtes le prisonnier de la Constitution et de votre entourage. Vous n'en avez pas moins un devoir d'homme, auquel vous songerez, et que vous remplirez. Ce n'est pas, d'ailleurs, que je désespère le moins du monde du triomphe. Je le répète avec une certitude plus véhémente: la vérité est en marche et rien ne l'arrêtera. C'est aujourd'hui seulement que l'Affaire commence, puisque aujourd'hui seulement les positions sont nettes: d'une part, les coupables qui ne veulent pas que la lumière se fasse; de l'autre, les justiciers qui donneront leur vie pour qu'elle soit faite. Je l'ai dit ailleurs, et je le répète ici: quand on enferme la vérité sous terre, elle s'y amasse, elle y prend une force telle d'explosion, que, le jour où elle éclate, elle fait tout sauter avec elle. On verra bien si l'on ne vient pas de préparer, pour plus tard, le plus retentissant des désastres.

Mais cette lettre est longue, Monsieur le Président, et il est temps de conclure.

J'accuse le lieutenant-colonel du Paty de Clam d'avoir été l'ouvrier diabolique de l'erreur judiciaire, en inconscient, je veux le croire, et d'avoir ensuite défendu son œuvre néfaste, depuis trois ans, par les machinations les plus saugrenues et les plus coupables.

J'accuse le général Mercier de s'être rendu complice, tout au moins par faiblesse d'esprit, d'une des plus grandes iniquités du siècle.

J'accuse le général Billot d'avoir eu entre les mains les preuves certaines de l'innocence de Dreyfus et de les avoir étouffées, de s'être rendu coupable de ce crime de lèse-humanité et de lèse-justice, dans un but politique et pour sauver l'état-major compromis.

J'accuse le général de Boisdeffre et le général Gonse de s'être rendus complices du même crime, l'un sans doute par passion cléricale, l'autre peut-être par cet esprit de corps qui fait des bureaux de la Guerre l'Arche sainte, inattaquable.

J'accuse le général de Pellieux et le commandant Ravary d'avoir fait une enquête scélérate, j'entends par là une enquête de la plus monstrueuse partialité, dont nous avons, dans le rapport du second, un impérissable monument de naïve audace.

J'accuse les trois experts en écritures, les sieurs Belhomme, Varinard et Couard, d'avoir fait des rapports mensongers et frauduleux, à moins qu'un examen médical ne les déclare atteints d'une maladie de la vue et du jugement.

J'accuse les bureaux de la Guerre d'avoir mené dans la presse, particulièrement dans l'*Eclair* et dans l'*Echo de Paris*, une campagne abominable, pour égarer l'opinion et couvrir leur faute.

J'accuse enfin le premier conseil de guerre d'avoir violé le droit, en condamnant un accusé sur une pièce restée secrète, et j'accuse le second conseil de guerre d'avoir couvert cette illégalité, par ordre, en commettant à son tour le crime juridique d'acquitter sciemment un coupable.

En portant ces accusations, je n'ignore pas que je me mets sous le coup des articles 30 et 31 de la loi sur la presse du 29 juillet 1881, qui punit les délits de diffamation. Et c'est volontairement que je m'expose.

Quant aux gens que j'accuse, je ne les connais pas, je ne les ai jamais vus, je n'ai contre eux ni rancune ni haine. Ils ne sont pour moi que des entités, des esprits de malfaisance sociale. Et l'acte que j'accomplis ici n'est qu'un moyen révolutionnaire pour hâter l'explosion de la vérité et de la justice.

Je n'ai qu'une question, celle de la lumière, au nom de l'humanité qui a tant souffert et qui a droit au bonheur. Ma protestation enflammée n'est que le cri de mon âme. Qu'on ose donc me traduire en Cour d'assises et que l'enquête ait lieu au grand jour!

J'attends.

Veuillez agréer, Monsieur le Président, l'assurance de mon profond respect.

DÉCLARATION AU JURY

Ces pages ont paru dans l'*Aurore*, le 22 février 1898.

Je les avais lues la veille, le 21 février, devant le jury, qui devait me condamner. Le 13 janvier, le jour même où parut ma lettre, la Chambre décida des poursuites contre moi, par 312 voix contre 122. Le 18, le général Billot, ministre de la Guerre, déposa sa plainte entre les mains du ministre de la Justice. Le 20, je reçus l'assignation, qui, de toute ma lettre, ne relevait que quinze lignes. Le 7 février, les débats s'ouvrirent et occupèrent quinze audiences, jusqu'au 23, jour où je fus condamné à un an de prison et à trois mille francs d'amende. — Je rappelle que, de leur côté, les trois experts, les sieurs Belhomme, Varinard et Couard, m'intentèrent, le 21 janvier, un procès en diffamation.

Messieurs les Jurés,

A la Chambre, dans la séance du 22 janvier, M. Méline, président du Conseil des ministres, a déclaré, aux applaudissements frénétiques de sa majorité complaisante, qu'il avait confiance dans les douze citoyens aux mains desquels il remettait la défense de l'armée. C'était de vous qu'il parlait, messieurs. Et, de même que M. le général Billot avait dicté son arrêt au conseil de guerre, chargé d'acquitter le commandant Esterhazy, en donnant du haut de la tribune à des subordonnés la consigne militaire du respect indiscutable de la chose jugée, de même M. Méline a voulu vous donner l'ordre de me condamner au nom du respect de l'armée, qu'il m'accuse d'avoir outragée. Je dénonce à la conscience des honnêtes gens cette pression des pouvoirs publics sur la justice du pays. Ce sont là des mœurs politiques abominables qui déshonorent une nation libre.

Nous verrons, messieurs, si vous obéirez. Mais il n'est pas vrai que je sois ici, devant vous, par la volonté de M. Méline. Il n'a cédé à la nécessité de me poursuivre que dans un grand trouble, dans la terreur du nouveau

117

pas que la vérité en marche allait faire. Cela est connu de tout le monde. Si je suis devant vous, c'est que je l'ai voulu. Moi seul ai décidé que l'obscure, la monstrueuse Affaire serait portée devant votre juridiction, et c'est moi seul, de mon plein gré, qui vous ai choisis, vous l'émanation la plus haute, la plus directe de la justice française, pour que la France sache tout et se prononce. Mon acte n'a pas eu d'autre but, et ma personne n'est rien, j'en ai fait le sacrifice, satisfait simplement d'avoir mis entre vos mains, non seulement l'honneur de l'armée, mais l'honneur en péril de toute la nation.

Vous me pardonneriez donc, si la lumière, dans vos consciences, n'était pas encore entièrement faite. Cela ne serait pas de ma faute. Il paraît que je faisais un rêve, en voulant vous apporter toutes les preuves, en vous estimant les seuls dignes, les seuls compétents. On a commencé par vous retirer de la main gauche ce qu'on semblait vous donner de la droite. On affectait bien d'accepter votre juridiction, mais si l'on avait confiance en vous pour venger les membres d'un conseil de guerre, certains autres officiers restaient intangibles, supérieurs à votre justice elle-même. Comprenne qui pourra. C'est l'absurdité dans l'hypocrisie, et l'évidence éclatante qui en ressort est qu'on a redouté votre bon sens, qu'on n'a point osé courir le danger de nous laisser tout dire et de vous laisser tout juger. Ils prétendent qu'ils ont voulu limiter le scandale; et qu'en pensez-vous, de ce scandale, de mon acte qui consistait à vous saisir de l'Affaire, à vouloir que ce fût le peuple, incarné en vous, qui fût le juge? Ils prétendent encore qu'ils ne pouvaient accepter une révision déguisée, avouant ainsi qu'ils n'ont qu'une épouvante au fond, celle de votre contrôle souverain. La loi, elle a en vous sa représentation totale; et c'est cette loi du peuple élu que j'ai désirée, que je respecte profondément, en bon citoyen, et non pas la louche procédure, grâce à laquelle on a espéré vous bafouer vous-mêmes.

Me voilà excusé, messieurs, de vous avoir dérangés de vos occupations, sans avoir eu le pouvoir de vous inonder de la totale lumière que je rêvais. La lumière, toute la lumière, je n'ai eu que ce passionné désir. Et ces débats viennent de vous le prouver, nous avons eu à lutter, pas à pas, contre une volonté de ténèbres extraordinaire d'obstination. Il a fallu un combat pour arracher chaque lambeau de vérité, on a discuté sur tout, on nous a refusé tout, on a terrorisé nos témoins, dans l'espoir de nous empêcher de faire la preuve. Et c'est pour vous seuls que nous nous sommes battus, c'est pour que cette preuve vous fût soumise entière, afin que vous puissiez vous prononcer sans remords, dans votre conscience. Je suis donc certain que vous nous tiendrez compte de nos efforts, et que, d'ailleurs, assez de clarté a pu être faite. Vous avez entendu les témoins, vous allez entendre mon défenseur, qui vous dira l'histoire vraie, cette histoire qui affole tout le monde, et que personne ne connaît. Et me voilà tranquille, la vérité est en vous maintenant: elle agira.

M. Méline a donc cru dicter votre arrêt, en vous confiant l'honneur de l'armée. Et c'est au nom de cet honneur de l'armée que je fais moi-même appel à votre justice. Je donne à M. Méline le plus formel démenti, je n'ai jamais outragé l'armée. J'ai dit, au contraire, ma tendresse, mon respect pour la nation en armes, pour nos chers soldats de France qui se lèveraient à la première menace, qui défendraient la terre française. Et il est également faux que j'aie attaqué les chefs, les généraux qui les mèneraient à la victoire. Si quelques individualités des bureaux de la Guerre ont compromis l'armée elle-même par leurs agissements, est-ce donc insulter l'armée tout entière que de le dire? N'est-ce pas plutôt faire œuvre de bon citoyen que de la dégager de toute compromission, que de jeter le cri d'alarme, pour que les fautes, qui, seules, nous ont fait battre, ne se reproduisent pas et ne nous mènent pas à de nouvelles défaites? Je ne me défends pas d'ailleurs, je laisse à l'Histoire le soin de juger mon acte, qui était nécessaire. Mais j'affirme qu'on déshonore l'armée, quand on laisse les gendarmes embrasser le commandant Esterhazy, après les abominables lettres qu'il a écrites. J'affirme que cette vaillante armée est insultée chaque jour par les bandits qui, sous prétexte de la défendre, la salissent de leur basse complicité, en traînant dans la boue tout ce que la France compte encore de bon et de grand. J'affirme que ce sont eux qui la déshonorent, cette grande armée nationale, lorsqu'ils mêlent les cris de « Vive l'armée! » à ceux de « A mort les juifs! » Et ils ont crié: « Vive Esterhazy! » Grand Dieu! le peuple de Saint Louis, de Bayard, de Condé et de Hoche, le peuple qui compte cent victoires géantes, le peuple des grandes guerres de la République et de l'Empire, le peuple dont la force, la grâce et la générosité ont ébloui l'univers, criant: « Vive Esterhazy! » C'est une honte dont notre effort de vérité et de justice peut seul nous laver.

Vous connaissez la légende qui s'est faite. Dreyfus a été condamné justement et légalement par sept officiers infaillibles, qu'on ne peut même suspecter d'erreur sans

outrager l'armée entière. Il expie dans une torture vengeresse son abominable forfait. Et, comme il est juif, voilà
qu'un syndicat juif s'est créé, un syndicat international
de sans-patrie, disposant de millions par centaines, dans le
but de sauver le traître, au prix des plus impudentes
manœuvres. Dès lors, ce syndicat s'est mis à entasser
les crimes, achetant les consciences, jetant la France dans
une agitation meurtrière, décidé à la vendre à l'ennemi,
à embraser l'Europe d'une guerre générale, plutôt que de
renoncer à son effroyable dessein. Voilà, c'est très simple,
même enfantin et imbécile, comme vous le voyez. Mais
c'est de ce pain empoisonné que la presse immonde nourrit
notre pauvre peuple depuis des mois. Et il ne faut pas
s'étonner, si nous assistons à une crise désastreuse, car
lorsqu'on sème à ce point la sottise et le mensonge, on
récolte forcément la démence.

Certes, messieurs, je ne vous fais pas l'injure de croire
que vous vous en étiez tenu, jusqu'ici, à ce conte de nour-
rice. Je vous connais, je sais qui vous êtes. Vous êtes le
cœur et la raison de Paris, de mon grand Paris, où je
suis né, que j'aime d'une infinie tendresse, que j'étudie
et que je chante depuis bientôt quarante ans. Et je sais
également, à cette heure, ce qui se passe dans vos cerveaux; car, avant de venir m'asseoir ici, comme accusé,
j'ai siégé là, au banc où vous êtes. Vous y représentez
l'opinion moyenne, vous tâchez d'être, en masse, la sagesse
et la justice. Tout à l'heure, je serai en pensée avec vous
dans la salle de vos délibérations, et je suis convaincu
que votre effort sera de sauvegarder vos intérêts de
citoyens, qui sont naturellement, selon vous, les intérêts
de la nation entière. Vous pourrez vous tromper, mais

vous vous tromperez dans la pensée, en assurant votre bien, d'assurer le bien de tous.

Je vous vois dans vos familles, le soir, sous la lampe; je vous entends causer avec vos amis, je vous accompagne dans vos ateliers, dans vos magasins. Vous êtes tous des travailleurs, les uns commerçants, les autres industriels, quelques-uns exerçant des professions libérales. Et votre très légitime inquiétude est l'état déplorable dans lequel sont tombées les affaires. Partout, la crise actuelle menace de devenir un désastre, les recettes baissent, les transactions deviennent de plus en plus difficiles. De sorte que la pensée que vous avez apportée ici, la pensée que je lis sur vos visages, est qu'en voilà assez et qu'il faut en finir. Vous n'en êtes pas à dire comme beaucoup: « Que nous importe qu'un innocent soit à l'île du Diable! est-ce que l'intérêt d'un seul vaut la peine de troubler ainsi un grand pays? » Mais vous vous dites tout de même que notre agitation, à nous les affamés de vérité et de justice, est payée trop chèrement par tout le mal qu'on nous accuse de faire. Et, si vous me condamnez, messieurs, il n'y aura que cela au fond de votre verdict: le désir de calmer les vôtres, le besoin que les affaires reprennent, la croyance qu'en me frappant, vous arrêterez une campagne de revendication nuisible aux intérêts de la France.

Eh bien! messieurs, vous vous tromperiez absolument. Veuillez me faire l'honneur de croire que je ne défends pas ici ma liberté. En me frappant, vous ne feriez que me grandir. Qui souffre pour la vérité et la justice devient auguste et sacré. Regardez-moi, messieurs: ai-je mine de vendu, de menteur et de traître? Pourquoi donc agirais-je?

Je n'ai derrière moi ni ambition politique, ni passion de sectaire. Je suis un libre écrivain, qui a donné sa vie au travail, qui rentrera demain dans le rang et reprendra sa besogne interrompue. Et qu'ils sont donc bêtes ceux qui m'appellent l'Italien, moi né d'une mère française, élevé par des grands-parents beaucerons, des paysans de cette forte terre, moi qui ai perdu mon père à sept ans, qui ne suis allé en Italie qu'à cinquante-quatre ans, et pour documenter un livre. Ce qui ne m'empêche pas d'être très fier que mon père soit de Venise, la cité resplendissante dont la gloire ancienne chante dans toutes les mémoires. Et, si même je n'étais pas Français, est-ce que les quarante volumes de langue française que j'ai jetés par millions d'exemplaires dans le monde entier ne suffiraient pas à faire de moi un Français, utile à la gloire de la France!

Donc, je ne me défends pas. Mais quelle erreur serait la vôtre, si vous étiez convaincus qu'en me frappant, vous rétabliriez l'ordre dans notre malheureux pays! Ne comprenez-vous pas, maintenant, que ce dont la nation meurt, c'est de l'obscurité où l'on s'entête à la laisser, c'est de l'équivoque où elle agonise? Les fautes des gouvernants s'entassent sur les fautes, un mensonge en nécessite un autre, de sorte que l'amas devient effroyable. Une erreur judiciaire a été commise, et dès lors, pour la cacher, il a fallu chaque jour commettre un nouvel attentat au bon sens et à l'équité. C'est la condamnation d'un innocent qui a entraîné l'acquittement d'un coupable; et voilà, aujourd'hui, qu'on vous demande de me condamner à mon tour, parce que j'ai crié mon angoisse, en voyant la patrie dans cette voie affreuse. Condamnez-moi donc!

mais ce sera une faute encore, ajoutée aux autres, une faute dont plus tard vous porterez le poids dans l'Histoire. Et ma condamnation, au lieu de ramener la paix que vous désirez, que nous désirons tous, ne sera qu'une semence nouvelle de passion et de désordre. La mesure est comble, je vous le dis, ne la faites pas déborder.

Comment ne vous rendez-vous pas un compte exact de la terrible crise que le pays traverse? On dit que nous sommes les auteurs du scandale, que ce sont les amants de la vérité et de la justice qui détraquent la nation, qui poussent à l'émeute. En vérité, c'est se moquer du monde. Est-ce que le général Billot, pour ne nommer que lui, n'est pas averti depuis dix-huit mois? Est-ce que le colonel Picquart n'a pas insisté pour qu'il prît la révision en main, s'il ne voulait pas laisser l'orage éclater et tout bouleverser? Est-ce que M. Scheurer-Kestner ne l'a pas supplié, les larmes aux yeux, de songer à la France, de lui éviter une pareille catastrophe? Non, non! notre désir a été de tout faciliter, de tout amortir, et si le pays est dans la peine, la faute en est au pouvoir qui, désireux de couvrir les coupables, et poussé par des intérêts politiques, a tout refusé, espérant qu'il serait assez fort pour empêcher la lumière d'être faite. Depuis ce jour, il n'a manœuvré que dans l'ombre, pour les ténèbres, et c'est lui, lui seul, qui est responsable du trouble éperdu où sont les consciences.

L'affaire Dreyfus, ah! messieurs, elle est devenue bien petite à l'heure actuelle, elle est bien perdue et bien lointaine, devant les terrifiantes questions qu'elle a soulevées. Il n'y a plus d'affaire Dreyfus, il s'agit désormais de savoir si la France est encore la France des droits de l'homme, celle qui a donné la liberté au monde et qui devait lui donner la justice. Sommes-nous encore le peuple le plus noble, le plus fraternel, le plus généreux? Allons-nous garder en Europe notre renom d'équité et d'humanité? Puis, ne sont-ce pas toutes les conquêtes que nous avions faites et qui sont remises en question? Ouvrez les yeux et comprenez que, pour être dans un tel désarroi, l'âme française doit être remuée jusque dans ses intimes profondeurs, en face d'un péril redoutable. Un peuple n'est point bouleversé de la sorte, sans que sa vie morale elle-même soit en danger. L'heure est d'une gravité exceptionnelle, il s'agit du salut de la nation.

Et, quand vous aurez compris cela, messieurs, vous sentirez qu'il n'est qu'un seul remède possible: dire la vérité, rendre la justice. Tout ce qui retardera la lumière, tout ce qui ajoutera des ténèbres aux ténèbres, ne fera que prolonger et aggraver la crise. Le rôle des bons citoyens, de ceux qui sentent l'impérieux besoin d'en finir, est d'exiger le grand jour. Nous sommes déjà beaucoup à le penser. Les hommes de littérature, de philosophie et de science se lèvent de toutes parts, au nom de l'intelligence et de la raison. Et je ne vous parle pas de l'étranger, du frisson qui a gagné l'Europe tout entière. Pourtant l'étranger n'est pas forcément l'ennemi. Ne parlons pas des peuples qui peuvent être demain des adversaires. Mais la grande Russie, notre alliée, mais la petite et généreuse Hollande, mais tous les peuples sympathiques du Nord, mais ces terres de langue française, la Suisse et la Belgique, pourquoi donc ont-elles le cœur si gros, si débordant de fraternelle souffrance? Rêvez-vous donc une France isolée dans le monde? Voulez-vous, quand vous passerez la frontière, qu'on ne sourie plus à votre bon renom légendaire d'équité et d'humanité?

Hélas! messieurs, ainsi que tant d'autres, vous attendez peut-être le coup de foudre; la preuve de l'innocence de Dreyfus, qui descendrait du ciel comme un tonnerre. La vérité ne procède point ainsi d'habitude, elle demande quelque recherche et quelque intelligence. La preuve! nous savons bien où l'on pourrait la trouver. Mais nous ne songeons à cela que dans le secret de nos âmes, et notre angoisse patriotique est qu'on se soit exposé à recevoir un jour le soufflet de cette preuve, après avoir engagé l'honneur de l'armée dans un mensonge. Je veux aussi déclarer nettement que, si nous avons notifié comme témoins certains membres des ambassades, notre volonté formelle était à l'avance de ne pas les citer ici. On a souri de notre audace. Je ne crois pas qu'on en ait souri au Ministère des affaires étrangères, car là on a dû comprendre. Nous avons simplement voulu dire à ceux qui savent toute la vérité, que nous la savons, nous aussi. Cette vérité court les ambassades, elle sera demain connue de tous. Et il nous est impossible d'aller dès maintenant la chercher où elle est, protégée par d'infranchissables formalités. Le gouvernement qui n'ignore rien, le gouvernement qui est convaincu, comme nous, de l'innocence de Dreyfus, pourra, quand il le voudra, et sans risque, trouver les témoins qui feront enfin la lumière.

Dreyfus est innocent, je le jure. J'y engage ma vie, j'y engage mon honneur. A cette heure solennelle, devant ce tribunal qui représente la justice humaine, devant vous, messieurs les jurés, qui êtes l'émanation même de la nation, devant toute la France, devant le monde entier, je jure que Dreyfus est innocent. Et, par mes quarante années de travail, par l'autorité que ce labeur a pu me donner, je jure que Dreyfus est innocent. Et, par tout ce que j'ai conquis, par le nom que je me suis fait, par mes œuvres qui ont aidé à l'expansion des lettres françaises, je jure que Dreyfus est innocent. Que tout cela croule, que mes œuvres périssent, si Dreyfus n'est pas innocent! Il est innocent.

Tout semble être contre moi, les deux Chambres, le pouvoir civil, le pouvoir militaire, les journaux à grand tirage, l'opinion publique qu'ils ont empoisonnée. Et je n'ai pour moi que l'idée, un idéal de vérité et de justice. Et je suis bien tranquille, je vaincrai.

Je n'ai pas voulu que mon pays restât dans le mensonge et dans l'injustice. On peut me frapper ici. Un jour, la France me remerciera d'avoir aidé à sauver son honneur.

LETTRE À M. BRISSON

Président du Conseil des ministres

Ces pages ont paru dans l'*Aurore*, le 16 juillet 1898.

Beaucoup d'événements s'étaient accomplis, que je résumerai rapidement. Le 2 avril, la Cour de cassation, auprès de laquelle je m'étais pourvu, cassa l'arrêt de la Cour d'assises, en déclarant que c'était le conseil de guerre, et non le ministre de la Guerre, qui devait m'assigner. Ce conseil de guerre, réuni le 8, décida qu'il me poursuivrait, et émit en outre le vœu que je fusse rayé des cadres de la Légion d'honneur. La nouvelle assignation, lancée en son nom, le 11, ne relevait plus que trois lignes de ma lettre. Le 23 mai, le procès revint donc devant la Cour d'assises de Versailles. Mais mon défenseur, Me Labori, ayant soulevé l'exception de compétence, et la Cour s'étant déclarée compétente, nous nous pourvûmes en cassation, ce qui arrêta les débats. Enfin, la Cour de cassation ayant rejeté notre pourvoi, le 16 juin, nous devions revenir devant la Cour d'assises de Versailles, le 18 juillet. — D'autre part, le ministère Méline était tombé le 15 juin, et le ministère Brisson venait de lui succéder, le 28. — Le 9 juillet, les trois experts, les sieurs Belhomme, Varinard et Couard, avaient obtenu contre moi une condamnation à deux mois de prison, avec sursis, à deux mille francs d'amende et à cinq mille francs de dommages-intérêts pour chaque expert.

Monsieur Brisson,

Vous incarniez la vertu républicaine, vous étiez le haut symbole de l'honnêteté civique. Et, brusquement, vous tombez dans la monstrueuse Affaire. Vous voilà dépossédé de votre souveraineté morale, vous n'êtes plus qu'un homme faillible et compromis.

Quelle effroyable crise et quelle tristesse affreuse, pour les penseurs solitaires et silencieux comme moi, qui se contentent de regarder et d'écouter! Depuis que j'appartiens à la justice de mon pays, je me suis fait une loi de me tenir à l'écart de toute polémique; et, si je cède aujourd'hui à l'impérieux besoin de vous écrire cette lettre, c'est qu'il est des heures où les âmes crient d'elles-mêmes leur angoisse. Mais, dans mon silence, depuis six mois, dans le silence de tant d'autres consciences, que je sens frémir, quelle détresse patriotique, quelle agonie, en voyant les meilleurs de notre malheureuse France, tant de gens intelligents et honnêtes en somme, glisser à toutes les compromissions, abandonner leur honneur de citoyens au vent de folie qui souffle! Et c'est à pleurer, à se demander quelle hécatombe de victimes considérable il faudra encore au mensonge, avant que la vérité se lève sur le pays décimé, jonché de ceux que nous pensions être sa probité et sa force.

Chaque matin, depuis six mois, je sens grandir ma surprise et ma douleur. Je ne veux nommer personne, mais je les évoque, tous ceux que j'aimais, que j'admirais, en qui j'avais mis mon espoir pour la grandeur de la France. Il en est dans votre ministère, monsieur Brisson, il en est dans les Chambres, il en est dans les lettres et dans les arts, dans toutes les conditions sociales. Et c'est mon cri continuel: comment celui-ci, comment celui-là, comment cet autre ne sont-ils pas avec nous, pour l'humanité, pour la vérité, pour la justice? Ils semblaient d'intelligence saine pourtant, je les croyais de cœur droit. C'est à confondre la raison. D'autant plus que, lorsqu'on veut m'expliquer leur conduite par la nécessité de certaines habiletés politiques, je comprends moins encore. Car il est bien certain, pour tout homme de bon sens et de froide réflexion, que ces habiles courent de gaieté de cœur à leur perte prochaine, inévitable, irréparable.

Je vous croyais trop avisé, monsieur Brisson, pour ne pas être convaincu, comme moi, que pas un ministère ne pourra vivre, tant que l'affaire Dreyfus ne sera pas légalement liquidée. Il y a quelque chose de pourri en France, la vie normale ne reprendra que lorsqu'on aura fait œuvre de santé. Et j'ajoute que le ministère qui fera la révision sera le grand ministère, le ministère sauveur, celui qui s'imposera et qui vivra.

Vous vous êtes donc suicidé, dès le premier jour, en croyant peut-être fonder solidement et pour longtemps votre pouvoir. Et le pis est que, prochainement, lorsque vous tomberez, vous aurez perdu dans l'aventure votre honneur politique; car je ne songe qu'à vous, je ne m'occupe pas de vos sous-ordres, le ministre de la Guerre et le ministre de la Justice, dont vous êtes le chef responsable.

Spectacle lamentable, la fin d'une vertu, cette faillite d'un homme en qui la République avait mis son illusion, convaincue que celui-là ne trahirait jamais la cause de la justice, et qui, dès qu'il est le maître, laisse assassiner la justice sous ses yeux! Vous venez de tuer l'idéal. C'est un crime. Et tout se paie, vous serez puni.

Voyons, monsieur Brisson, quelle ridicule comédie d'enquête venez-vous de permettre? Nous avions pu croire que le fameux dossier allait être apporté en Conseil des ministres, et que là vous vous mettriez tous à l'examiner, additionnant vos intelligences, vous éclairant les uns les autres, discutant les pièces comme elles doivent l'être, scientifiquement. Et pas du tout, il apparaît nettement par le résultat qu'aucun contrôle n'a eu lieu, qu'aucune discussion sérieuse n'a dû s'établir, que tout s'est borné à chercher fiévreusement dans le dossier, non pas la vérité, mais les seules pièces qui pouvaient le mieux combattre la vérité, en faisant impression sur les simples d'esprit. Elle est connue, cette façon d'étudier un dossier pour en extraire ce qui peut tant bien que mal servir une conviction obstinément arrêtée à l'avance. Ce n'est pas là une certitude discutée et prouvée, ce n'est que l'entêtement d'un homme, placé dans de telles conditions d'état d'esprit personnel, de milieu et d'entourage, que sa déposition, historiquement, n'a aucune valeur.

Et voyez aussi quel piteux résultat! Comment! vous

n'avez trouvé que ça? Et, si vous n'apportez que ça, dans le furieux désir que vous avez de nous vaincre, c'est donc bien qu'il n'y a que ça, que vous sortez le fond de votre sac? Mais nous les connaissions, vos trois pièces; nous la connaissions surtout, celle qu'on a si violemment produite en Cour d'assises, et c'est bien le faux le plus impudent, le plus grossier, auquel des naïfs puissent se prendre. Quand je songe qu'un général est venu lire sérieusement cette monumentale mystification à des jurés, qu'il s'est trouvé un ministre de la Guerre pour la relire à des députés et des députés pour la faire afficher dans toutes les communes de France, je demeure stupide. Je ne crois pas que quelque chose de plus sot laisse jamais sa trace dans l'Histoire. Et vraiment je me demande à quel état d'aberration mentale la passion peut réduire certains hommes, pas plus bêtes que d'autres sans doute, pour qu'ils accordent la moindre créance à une pièce qui semble être la gageure d'un faussaire, en train de se moquer du monde.

Vous pensez bien que je ne vais pas discuter les deux autres pièces produites. On est las de le faire, de démontrer qu'elles ne sauraient s'appliquer à Dreyfus. Et, d'ailleurs, la nécessité de la révision reste absolue, du moment qu'elle n'a été communiquée ni à l'accusé ni à la défense. L'illégalité est quand même formelle, la Cour de cassation doit annuler l'arrêt du conseil de guerre. Mais vous savez ces choses aussi bien que moi, monsieur Brisson, et c'est bien là ma stupeur. Les sachant, comment avez-vous pu écouter sans frémir les affirmations passionnées de votre ministre de la Guerre? Quel drame, à cette minute, s'est passé dans votre conscience? En êtes-vous à croire que la politique prime tout, qu'il vous est permis de mentir, pour assurer au pays le salut que votre ministère, selon vous, lui apporte? Vous croire assez peu intelligent pour garder une ombre de doute sur l'innocence de Dreyfus, cela m'est pénible; mais, d'autre part, admettre un instant que vous sacrifiez la vérité, dans l'idée que le mensonge est nécessaire au salut de la France, me paraît plus insultant encore. Ah! que je voudrais lire en vous, et que ce qui se passe là doit être intéressant pour un psychologue!

Ce que je puis vous affirmer, c'est que vous rendez notre gouvernement profondément ridicule. On m'a conté que, jeudi, la tribune diplomatique était restée vide. Je crois bien. Pas un diplomate n'aurait pu tenir son sérieux, à la lecture des trois fameuses pièces. Et ne vous imaginez pas que notre ennemie l'Allemagne est la seule à s'amuser. Notre grande alliée la Russie, très au courant de l'Affaire, très renseignée et absolument convaincue de l'innocence de Dreyfus, devrait bien nous rendre le service de vous dire ce que pense de nous l'Europe. Peut-être l'écouteriez-vous, elle, l'amie souveraine. Causez donc de cela avec votre ministre des Affaires étrangères.

Qu'il vous dise aussi de quelle gloire nouvelle les extraordinaires poursuites contre le lieutenant-colonel Picquart vont faire reluire le bon renom de la France à l'étranger. Un homme juste vous demande respectueusement à faire la lumière, et vous lui répondez en lui intentant un procès sur une vieille accusation dont les débats récents de la Cour d'assises ont démontré l'ineptie. Tu me gênes, je te supprime. Cela devient d'un comique effroyable, et je crois qu'il n'y a pas dans l'histoire un exemple plus insolent d'iniquité hypocrite.

Mais, si les trois pièces ne prêtent qu'à rire, que dites-vous, monsieur Brisson, des prétendus aveux de Dreyfus apportés à la tribune française, donnés par un de vos ministres comme la base inébranlable de sa conviction? Est-ce qu'ici votre honnêteté ne proteste pas en un cri de furieuse révolte? est-ce que vous n'avez pas senti l'abomination du procédé qui va soulever la conscience universelle?

Les aveux de Dreyfus, grand Dieu! Vous ignorez donc toute cette tragique histoire? Vous ne connaissez donc pas le récit vrai de sa détention, de sa dégradation? Et ses lettres, vous ne les avez donc pas lues? Elles sont admirables. Je ne connais pas de pages plus hautes, plus éloquentes. C'est le sublime dans la douleur, et plus tard elles resteront comme un monument impérissable, lorsque nos œuvres, à nous écrivains, auront peut-être sombré dans l'oubli; car elles sont le sanglot même, toute la souffrance humaine. L'homme qui a écrit ces lettres ne peut être un coupable. Lisez-les, monsieur Brisson, lisez-les un soir avec les vôtres, au foyer domestique. Vous serez baigné de larmes.

Et l'on vient sérieusement nous parler des aveux de Dreyfus, de ce malheureux qui n'a jamais cessé de hurler son innocence! On fouille les souvenirs chancelants d'hommes qui se sont contredits vingt fois, on apporte des pages de carnet sans authenticité aucune, des lettres que d'autres lettres démentent! Des témoignages contradictoires s'offrent de toutes parts, qu'on ne veut pas entendre. Et rien de légal là encore, pas de procès-verbal signé par le coupable, à peine des commérages en l'air, de sorte que ces prétendus aveux sont le néant même, quelque chose d'inexistant, que pas un tribunal ne retiendrait.

136

Alors, s'il est bien évident que, ces prétendus aveux, on ne saurait les faire accepter par les gens raisonnables, de quelque culture, pourquoi donc les produire au plein jour, pourquoi donc les étaler ainsi à grand fracas? Ah! c'est ici l'habileté affreuse, l'effroyable calcul, de jeter cette conviction aisée au petit peuple, aux simples d'esprit. Quand ils auront lu vos affiches, n'est-ce pas? vous espérez que tous les humbles des campagnes et des villes seront avec vous. Ils diront des affamés de vérité et de justice: « Qu'est-ce qu'ils nous embêtent, ceux-là, avec leur Dreyfus, puisque le traître a tout avoué! » Et, selon vous, tout sera fini, la monstrueuse iniquité sera consommée.

Savez-vous bien, monsieur Brisson, qu'une telle manœuvre est odieuse. Je défie qu'un honnête homme n'en soit pas bouleversé, les mains tremblantes de colère et d'indignation. Il y a là-bas, dans la pire torture, une torture d'exception, illégale comme le jugement qui l'a infligée, il y a un misérable qui a toujours crié son innocence. Et, tranquillement, on lui fait avouer le crime qu'il n'a pas commis, on se sert de ces prétendus aveux pour le murer plus étroitement dans son cachot. Mais il vit, il peut encore vous répondre, heureusement pour vous, car le jour où il sera mort, votre crime deviendra irréparable; et, s'il vit, vous pouvez l'interroger, obtenir une fois de plus le cri de son innocence. Non! il est si simple de dire qu'il a tout avoué, de persuader cela au peuple, pendant que le malheureux jette au vent de la mer sa perpétuelle plainte, sa clameur infinie de vérité et de justice. Je ne sais rien de plus bas ni de plus lâche.

Et vous voilà avec la presse immonde. Ainsi qu'elle, à

sa suite, vous empoisonnez la nation de mensonges. Vous placardez sur les murs des faux et des contes imbéciles, comme pour aggraver à plaisir la désastreuse crise morale que nous traversons. Ah! pauvre petit peuple de France, quelle belle éducation civique on te donne là, à toi qui aurais tant besoin aujourd'hui, pour ton salut de demain, d'une âpre leçon de vérité!

Enfin, monsieur Brisson, puisque nous sommes là, à causer tranquillement, je crois devoir vous prévenir que j'attends, avec une vive curiosité, la façon dont vous allez entendre la liberté individuelle et le respect de la justice, lundi prochain, au procès de Versailles.

Vous ne pouvez ignorer les faits qui se sont passés à Paris, avant et après chacune des quinze audiences du premier procès, et à Versailles encore, lors de l'unique audience du second. Ces jours-là, la France, notre grande et généreuse France, a donné au monde civilisé l'exécrable spectacle d'une poignée de bandits injuriant et menaçant de mort un homme, un accusé qui se rendait librement devant la justice de son pays. Que pense de cela votre honnêteté, monsieur Brisson, votre vertu républicaine, votre culte des droits de l'homme et du citoyen? Ne dites-vous pas avec moi que des cannibales seuls ont des mœurs pareilles et que nous voilà tombés dans le mépris et dans le dégoût de l'univers?

Encore, s'il s'agissait de la nation égarée, d'une foule de bonne foi s'affolant et se ruant, l'excuse de la passion, même criminelle, suffirait. Mais, puisque vous êtes aujourd'hui ministre de l'Intérieur, causez donc de ces choses avec votre préfet de police, M. Charles Blanc, qui est un homme d'une vive intelligence et d'une urbanité parfaite. Il est naturellement très renseigné. Il vous expliquera où et comment les bandes se recrutaient, quel prix on payait les hommes, quel appoint désintéressé et passionné apportaient les cercles cléricaux, combien étaient les bandits et combien les sectaires, enfin combien de badauds auraient pu finir par suivre les provocateurs et rendre le jeu fort dangereux. Alors, je l'espère, vous n'aurez plus de doute sur l'organisation du désordre, vous serez convaincu qu'il s'agissait, pour les organisateurs, de tromper la France, de tromper le monde, de leur faire croire que Paris entier se soulevait contre moi, et d'empoisonner ainsi l'opinion publique, et d'opérer sur la justice la plus infâme des pressions.

Mais ce n'est pas tout ce que M. Charles Blanc pourra vous apprendre, à vous qui êtes son chef. Il vous expliquera comment la police avait à nous sauver chaque soir, lorsque quelques arrestations, quelques poursuites, dès le premier jour, auraient tout fait rentrer dans l'ordre. Certes, je ne me plains pas de la police, qui a été très empressée et très dévouée autour de ma personne. Seulement, au-dessus du préfet lui-même, il semblait y avoir un désir supérieur que les choses se passassent d'une certaine façon. Toutes les injures, toutes les menaces étaient permises, et les plus basses, et les plus immondes: on n'arrêtait personne. Même on tolérait que les manifestants pussent se rapprocher assez pour qu'il y eût un certain danger. Et la police n'intervenait, ne me sauvait, qu'à cette minute exacte où les choses menaçaient de se gâter. C'était fait avec beaucoup d'art, l'effet désiré en haut lieu était évidemment de donner à croire au monde qu'il fallait, chaque soir, une bataille pour me soustraire à la juste indignation du peuple de Paris.

Eh bien! monsieur Brisson, je me demande avec curiosité quel plan de campagne vous allez arrêter avec M. Charles Blanc. Là, vous êtes le maître absolu, aucun de vos ministres en sous-ordre ne pourra intervenir, car en dehors de votre autorité de président du Conseil, vous êtes bien ministre de l'Intérieur, vous répondez de la tranquillité des rues. Nous allons donc savoir dans quelles conditions vous estimez qu'un accusé doit se rendre devant la justice, et s'il est permis de l'injurier et de le menacer, et si un spectacle d'une telle barbarie n'est pas un déshonneur suprême pour la France. Je crois bien que jamais, mes amis et moi, nous ne nous sommes trouvés dans un danger sérieux. Mais, n'importe! comme il faut tout prévoir, je déclare à l'avance, monsieur Brisson, que, si l'on nous assassine lundi, c'est vous qui serez l'assassin.

Et, pour finir, laissez-moi m'étonner encore que vous soyez tous de petits hommes.

Je comprends à la rigueur qu'il n'y ait pas, parmi vous, un amoureux hautain et passionné de l'idée, donnant sa fortune et sa vie à la seule joie d'être juste, et prêt à rentrer dans le rang, quand la vérité aura vaincu. Mais des ambitieux, il y en a pourtant, vous n'êtes même tous que des ambitieux. Alors, comment se fait-il que, de votre cohue, ne se lève pas au moins un ambitieux de vive intelligence, et d'audace, et de force, un de ces ambitieux de vaste envergure, au coup d'œil clair, à la main prompte, capable de voir où est la vraie partie à jouer, et de la jouer vaillamment?

Voyons, combien y en a-t-il parmi vous qui ambitionnent la présidence de la République? Tous, n'est-ce pas? Vous vous regardez tous avec des coups d'œil obliques, vous croyez tous mener vos affaires d'une façon supérieure, celui-ci par la prudence, celui-là par la popularité, cet autre par l'austérité. Et vous me faites rire, car pas un de vous n'a l'air de se douter que, dans trois ans, l'homme politique qui entrera à l'Elysée sera celui qui aura restauré chez nous le culte de la vérité et de la justice, en procédant à la révision du procès Dreyfus.

Croyez-moi, les poètes sont un peu des voyants. Dans trois ans, la France ne sera plus la France, la France sera morte, ou nous aurons à la présidence le chef politique, le ministre juste et sage qui aura pacifié la nation. Et, châtiment mérité des calculs mesquins et lâches, des passions aveugles et inintelligentes, tous ceux qui auront pris parti contre le droit opprimé et l'humanité outragée seront par terre, avec leur rêve en morceaux, sous l'exécration publique.

Chaque fois, donc, que je vois un de vous céder au vent de folie, se salir dans l'affaire Dreyfus, avec la sotte pensée peut-être qu'il travaille à son avènement, je me dis: « Encore un qui ne sera pas président de la République! »

Veuillez agréer, monsieur Brisson, l'assurance de ma haute considération.

JUSTICE

Ces pages ont paru dans l'*Aurore*, le 5 juin 1899.

Dix mois et demi s'étaient donc écoulés, entre l'article précédent et celui-ci. Le 18 juillet 1898, devant la Cour d'assises de Versailles, le moyen de procédure tenté par Me Labori, pour faire remettre encore l'Affaire, ayant échoué, nous avions fait défaut; et la Cour m'avait condamné de nouveau à un an de prison et à trois mille francs d'amende. Le soir même, je partais pour Londres, afin que le jugement ne pût m'être signifié et ne devînt exécutoire. — Je résume les grands faits de ce long laps de temps. Le 31 août 1898, le colonel Henry, après avoir avoué son faux, se suicide au Mont-Valérien. Le 26 septembre, la Cour de cassation est saisie de la demande en révision. Le 29 octobre, elle déclare la demande recevable en sa forme et dit qu'il sera procédé par elle à une enquête supplémentaire. Le 31, le ministère Dupuy remplace le ministère Brisson. Le 16 février 1899, le président Félix Faure meurt, et le président Emile Loubet le remplace, le 18 février. La loi de dessaisissement est votée par les Chambres, le 1er mars. Enfin, la Cour de cassation ayant cassé le jugement de 1894, le 3 juin, je rentre en France le 5 juin, le matin même où paraissait cet article. — D'autre part, le 10 août 1898, la Cour d'appel, confirmant le jugement rendu à la requête des trois experts, les sieurs Belhomme, Varinard et Couard, me condamna par défaut à un mois de prison, sans sursis, mille francs d'amende, et dix mille francs de dommages-intérêts à chaque expert. Ceux-ci pendant mon absence, firent saisir chez moi, les 23 et 29 septembre, et la vente eut lieu le 10 octobre, une table fut vendue trente-deux mille francs, total des sommes demandées. — Le 26 juillet, le Conseil de l'ordre de la Légion d'honneur avait cru devoir me suspendre de mon grade d'officier.

Depuis onze mois bientôt, j'ai quitté la France. Pendant onze mois, je me suis imposé l'exil le plus total, la retraite la plus ignorée, le silence le plus absolu. J'étais comme le mort volontaire, couché au secret tombeau, dans l'attente de la vérité et de la justice. Et, aujourd'hui, la vérité ayant vaincu, la justice régnant enfin, je renais, je rentre et reprends ma place sur la terre française.

Le 18 juillet 1898 restera, dans ma vie, la date affreuse, celle où j'ai saigné tout mon sang. C'est le 18 juillet que, cédant à des nécessités de tactique, écoutant les frères d'armes qui menaient avec moi la même bataille, pour l'honneur de la France, j'ai dû m'arracher à tout ce que j'aimais, à toutes mes habitudes de cœur et d'esprit. Et, depuis tant de jours qu'on me menace et qu'on m'abreuve d'injures, ce brusque départ a été sûrement le plus cruel sacrifice qu'on eût exigé de moi, ma suprême immolation à la cause. Les âmes basses et sottes, qui se sont imaginé, qui ont répété que je fuyais la prison, ont fait preuve d'autant de vilenie que d'inintelligence.

La prison, grand Dieu! mais je n'ai jamais demandé que la prison! mais je suis prêt encore à m'y rendre, s'il est nécessaire! Il faut, pour m'accuser de la fuir, avoir oublié toute cette histoire, et le procès que j'ai voulu, dans l'unique désir qu'il fût le champ où pousserait la moisson de vérité, et le complet sacrifice que j'avais fait de mon repos, de ma liberté, m'offrant en holocauste, acceptant à l'avance ma ruine, si la justice triomphait. N'est-il pas d'une évidence éclatante, aujourd'hui, que notre longue campagne, à mes conseils, à mes amis et à moi, n'a été qu'une lutte désintéressée pour faire jaillir des faits le plus de lumière possible? Si nous avons voulu gagner du temps, si nous avons opposé procédure à procédure, c'est que nous avions charge de vérité, comme on a charge d'âme, c'est que nous ne voulions pas laisser éteindre entre nos mains la faible lueur, qui chaque jour grandissait. C'était comme la petite lampe sacrée, qu'on porte par un grand vent, et qu'il faut défendre contre les colères de la foule, affolée de mensonges. Nous n'avions qu'une tactique, rester les maîtres de notre Affaire, la prolonger autant que nous le pourrions, pour qu'elle provoquât les événements, tirer d'elle enfin ce que nous nous étions promis de preuves décisives. Et nous n'avons jamais songé à nous, nous n'avons jamais agi que pour le triomphe du droit, prêts à le payer de notre liberté et de notre vie.

Qu'on se souvienne de la situation qui m'était faite, en juillet, à Versailles. C'était l'étranglement sans phrases. Et je ne voulais pas être étranglé ainsi, cela ne me convenait pas qu'on m'exécutât pendant l'absence du Parlement, au milieu des passions de la rue. Notre volonté était d'atteindre octobre, dans l'espoir que la vérité aurait marché encore, que la justice alors s'imposerait. D'autre part, il ne faut pas oublier tout le travail sourd qui se faisait à chaque heure, tout ce que nous pouvions attendre des instructions ouvertes contre le commandant Esterhazy et contre le colonel Picquart. L'un et l'autre étaient en prison, nous n'ignorions pas que les clartés vives jailliraient forcément des enquêtes ouvertes, si elles étaient menées loyalement; et, sans prévoir pourtant l'aveu, puis le suicide du colonel Henry, nous comptions sur l'inévitable événement, qui, d'un jour à l'autre, devait éclater, éclairant toute la monstrueuse Affaire de sa vraie et sinistre lueur. Dès lors, est-ce que notre désir de gagner du temps ne s'explique pas? est-ce que nous n'avions pas raison d'user de tous les moyens légaux pour choisir notre heure, au mieux des intérêts de la justice? est-ce que temporiser n'était pas vaincre, dans la plus douloureuse et la plus sainte des luttes? A n'importe quel prix, il fallait attendre, car tout ce que nous savions, tout ce que nous espérions, nous permettait de donner, pour l'automne, rendez-vous à la victoire. Encore une fois, nous autres nous ne comptions pas, il s'agissait uniquement de sauver un innocent, d'éviter à la patrie le plus effroyable désastre moral dont elle eût jamais couru le danger. Et ces raisons avaient une telle force que je partis, résigné, en annonçant mon retour pour octobre, avec la certitude d'être ainsi un bon ouvrier de la cause et d'assurer le triomphe.

Mais ce que je ne dis pas aujourd'hui, ce que je dirai un jour, ce fut l'arrachement, l'amertume de ce sacrifice. On oublie que je ne suis ni un polémiste, ni un homme politique, tirant bénéfice des bagarres. Je suis un libre écrivain qui n'a eu qu'une passion dans sa vie, celle de la vérité, qui s'est battu pour elle sur tous les champs de bataille. Depuis quarante ans bientôt, j'ai servi mon pays par la plume, de tout mon courage, de toute ma force de travail et de bonne foi. Et je vous jure qu'il y a une affreuse douleur, à s'en aller seul, par une nuit sombre, à voir s'effacer au loin les lumières de France, lorsqu'on a simplement voulu son honneur, sa grandeur de justicière parmi les peuples. Moi! moi qui l'ai chantée par plus de quarante œuvres déjà! Moi dont la vie n'a été qu'un long effort pour porter son nom aux quatre coins du monde! Moi, partir ainsi, fuir ainsi, avec cette meute de misérables et de fous galopant derrière mes talons, me poursuivant de menaces et d'outrages! Ce sont là des heures atroces, dont l'âme sort trempée, invulnérable désormais aux blessures iniques. Et, plus tard, pendant les longs mois d'exil qui ont suivi, s'imagine-t-on cette torture d'être supprimé des vivants, dans l'attente quotidienne d'un réveil de la justice, que chaque jour attarde? Je ne souhaite pas au pire des criminels la souffrance que, depuis onze mois, m'a causée chaque matin la lecture des dépêches de France, sur cette terre étrangère, où elles prenaient un effrayant écho de folie et de désastre. Il faut avoir promené ce tourment pendant de longues heures solitaires, il faut avoir revécu au loin, et seul toujours, la crise où s'effondrait la patrie, pour savoir ce qu'est l'exil, dans les conditions tragiques où je viens de le connaître. Et ceux qui pensent que je suis parti pour fuir la prison, et pour faire sans doute la fête à l'étranger avec l'or juif, sont de tristes gens qui m'inspirent un peu de dégoût et beaucoup de pitié.

Je devais revenir en octobre. Nous avions résolu de temporiser jusqu'à la rentrée des Chambres, tout en comptant sur l'événement imprévu, qui était pour nous, au courant des choses, l'événement certain. Et voilà que cet événement imprévu n'attendit pas octobre, il éclata dès la fin d'août, avec l'aveu et le suicide du colonel Henry.

Dès le lendemain, je voulus rentrer. Pour moi, la révision s'imposait, l'innocence de Dreyfus allait être immédiatement reconnue. D'ailleurs, je n'avais jamais demandé que la révision, mon rôle devait forcément finir, dès que la Cour de cassation serait saisie, et j'étais prêt à m'effacer. Quant à mon procès, il n'était plus, à mes yeux, qu'une formalité pure, puisque la pièce produite par les généraux de Pellieux, Gonse et de Boisdeffre, et sur laquelle le jury m'avait condamné, était un faux dont l'auteur venait de se réfugier dans la mort. Et je me préparais donc au retour, lorsque mes amis de Paris, mes conseils, tous ceux qui étaient restés dans la bataille, m'écrivirent des lettres pleines d'inquiétude. La situation restait grave. Loin d'être résolue, la révision semblait encore incertaine. M. Brisson, le chef du cabinet, se heurtait à des obstacles sans cesse renaissants, trahi par tous, ne disposant pas lui-même d'un simple commissaire de police. De sorte que mon retour, au milieu des passions surchauffées, apparaissait comme un prétexte à des violences nouvelles, un danger pour la cause, un embarras de plus pour le ministère, dans sa tâche déjà si difficile. Et, désireux de ne pas compliquer la situation, je dus m'incliner, je consentis à patienter encore.

Quand la Chambre criminelle fut enfin saisie, je voulus rentrer. Je le répète, je n'avais jamais demandé que la révision, je considérais mon rôle comme terminé, du moment que l'Affaire était portée devant la juridiction suprême, instituée par la loi. Mais de nouvelles lettres m'arrivèrent, me suppliant d'attendre, de ne rien hâter.

149

La situation, qui me semblait si simple, était au contraire, me disait-on, pleine d'obscurité et de péril. Mon nom, ma personnalité ne pouvait être qu'une torche, qui rallumerait l'incendie. C'est pourquoi mes amis, mes conseils faisaient appel à mes sentiments de bon citoyen, en me parlant de l'apaisement nécessaire, en me disant que je devais attendre le retour fatal de l'opinion, pour éviter de rejeter notre pauvre pays dans une agitation néfaste. L'Affaire était en bonne voie, mais rien n'était fini, quel serait mon regret, si une impatience de ma part attardait la vérité triomphante! Et je m'inclinai une fois de plus, je restai dans le tourment de ma solitude et de mon silence.

Quand la Chambre criminelle, admettant la demande de révision, décida d'ouvrir une vaste enquête, je voulus rentrer. Cette fois, je l'avoue, j'étais à bout de courage, je comprenais bien que cette enquête durerait de longs mois, je pressentais l'angoisse continue où elle devait me faire vivre. Puis, vraiment, est-ce qu'assez de lumière n'était pas faite, est-ce que le rapport du conseiller Bard, le réquisitoire du procureur général Manau, la plaidoirie de l'avocat Mornard n'avaient pas établi assez de vérité, pour que je pusse revenir le front haut? Toutes les accusations que j'avais portées, dans ma « Lettre au Président de la République », se trouvaient confirmées. Mon rôle était rempli, je n'avais qu'à rentrer dans le rang. Et ce fut pour moi un grand chagrin, une révolte indignée, d'abord, lorsque je trouvai, chez mes amis, la même résistance à mon retour. Ils étaient toujours en pleine bataille, ils m'écrivaient que je ne pouvais juger la situation comme eux, que ce serait une dangereuse faute de laisser recommencer mon procès parallèlement à l'enquête de la Chambre criminelle. Le nouveau ministère, hostile à la révision, trouverait peut-être dans ce procès la diversion voulue, l'occasion cherchée de nouveaux troubles. En tout cas, la cour avait besoin d'une paix absolue, j'aurais mal agi en venant l'embarrasser d'une émotion populaire, qu'on exploiterait sûrement contre nous. J'ai lutté, j'ai voulu même tomber à Paris, un beau soir, contre tous ces conseils sans prévenir personne. Et la sagesse seulement m'a vaincu, je me suis résigné encore à de longs mois de torture.

Voilà pourquoi, depuis onze mois bientôt, je ne suis pas rentré. En me tenant à l'écart, je n'ai agi, comme le jour où je me suis mis en avant, qu'en soldat de la vérité et de la justice. Je n'ai été que le bon citoyen qui se dévoue jusqu'à l'exil, jusqu'à la totale disparition, qui consent à n'être plus, pour l'apaisement du pays, pour ne pas passionner inutilement les débats de la monstrueuse Affaire. Et je dois dire aussi que, dans la certitude de la victoire, je gardais mon procès comme la ressource suprême, la petite lampe sacrée, dont nous rallumerions la clarté, si les puissances mauvaises venaient à éteindre le soleil. Mon abnégation, je l'ai poussée jusqu'au silence complet. J'ai voulu non seulement être un mort, mais un mort qui ne parle pas. La frontière passée, j'ai su me taire. On ne doit parler que lorsqu'on est là, pour prendre la responsabilité de ce qu'on dit. Personne ne m'a entendu, personne ne m'a vu. Je le répète, j'étais au tombeau, dans une retraite inviolable, que pas un étranger n'a pu connaître. Les quelques journalistes qui ont laissé entendre qu'ils m'avaient approché, ont menti. Je n'en ai reçu aucun, j'ai vécu au désert, ignoré de tous. Et je me demande ce que mon pays, si dur pour moi, me reproche, depuis les onze mois de bannissement volontaire que je souffre pour lui rendre la paix, dans la dignité et dans le patriotisme de mon silence.

Et c'est fini, et je rentre, puisque la vérité éclate, puisque la justice est rendue. Je désire rentrer en silence, dans la sérénité de la victoire, sans que mon retour puisse donner lieu au moindre trouble, à la moindre agitation de la rue. Cela serait indigne de moi qu'on pût me confondre un instant avec les bas exploiteurs des manifestations populaires. De même que j'ai su me taire au-dehors, je saurai reprendre ma place au foyer national en bon citoyen paisible, qui entend ne déranger personne et se remettre discrètement à sa tâche accoutumée, sans qu'on s'occupe de lui davantage.

Maintenant, que la bonne œuvre est faite, je ne veux ni applaudissements ni récompense, même si l'on estime que j'ai pu en être un des utiles ouvriers. Je n'ai eu aucun mérite, la cause était si belle, si humaine! C'est la vérité qui a vaincu, et il ne pouvait en être autrement. Dès la première heure, j'en ai eu la certitude, j'ai marché à coup sûr, ce qui diminue mon courage. Cela était tout simple. Je veux bien qu'on dise de moi, comme unique hommage, que je n'ai été ni une bête ni un méchant. D'ailleurs, je l'ai déjà, ma récompense, celle de songer à l'innocent que j'aurai aidé à tirer du tombeau, où, vivant, depuis quatre années, il agonisait. Ah! j'avoue que l'idée de son retour, la pensée de le voir libre, de lui serrer les mains, me bouleverse d'une émotion extraordinaire, qui m'emplit les yeux de larmes heureuses. Cette minute suffira à payer tous mes soucis. Mes amis et moi, nous aurons fait là une bonne action, dont les braves cœurs de France nous garderont quelque gratitude. Et que voulez-vous de plus, une famille qui nous aimera, une femme et des enfants qui nous béniront, un homme qui nous devra d'avoir incarné en lui le triomphe du droit et de la solidarité humaine!

Mais, cependant, si la lutte actuelle est finie pour moi, si je ne désire tirer de la victoire aucune curée, ni mandat politique, ni place, ni honneurs, si mon ambition unique est de continuer mon combat de vérité par la plume, tant que ma main la pourra tenir, je voudrais bien faire remarquer, avant de passer à d'autres luttes, quelle a été ma prudence, ma modération dans la bataille. Se souvient-on des abominables clameurs qui accueillirent ma « Lettre au Président de la République »? J'étais un insulteur de l'armée, un vendu, un sans-patrie. Des amis littéraires à moi, consternés, épouvantés, s'écartaient, m'abandonnaient, dans l'horreur de mon crime. Il y eut des articles écrits, qui désormais pèseront lourd sur la conscience des signataires. Enfin, jamais écrivain brutal, fou, malade d'orgueil, n'avait adressé à un chef d'Etat une lettre plus grossière, plus mensongère, plus criminelle. Et, maintenant, qu'on la relise, ma pauvre lettre. J'en suis devenu un peu honteux, je l'avoue, honteux de sa discrétion, de son opportunisme, je dirais presque de sa lâcheté. Car, puisque je me confesse, je puis bien reconnaître que j'avais beaucoup adouci les choses, que j'en avais même beaucoup passé sous silence, de celles qui sont connues, avérées aujourd'hui, et dont je voulais douter encore, tellement elles me semblaient monstrueuses et déraisonnables. Oui, je soupçonnais Henry déjà, mais sans preuve, à ce point que je crus sage de ne pas même le mettre en cause. Je devinais bien des histoires, certaines confidences étaient venues à moi, si terribles, que je ne me sentis pas le droit de les risquer, dans leurs effroyables conséquences. Et voilà qu'elles sont révélées, qu'elles sont devenues la vérité banale d'aujourd'hui! Et voilà que ma pauvre lettre n'est plus au point, apparaît comme tout à fait enfantine, une simple berquinade, une invention de romancier timide, à côté de la superbe et farouche réalité!

Je répète que je n'ai ni le désir ni le besoin de triompher. Mais, pourtant, je dois bien constater que les événements ont, à cette heure, fait la preuve de toutes mes accusations. Il n'est pas un des hommes accusés par moi dont la culpabilité ne soit démontrée, à la lumière aveuglante de l'enquête. Ce que j'ai annoncé, ce que j'ai prévu, est là debout, éclatant. Et ce dont je suis plus doucement fier encore, c'est que ma lettre était sans violence, indignée, mais digne de moi: on n'y trouvera pas un outrage, pas même un mot excessif, rien que la hautaine douleur d'un citoyen qui demande justice au chef de l'Etat. Telle a été l'éternelle histoire de mes œuvres, je n'ai jamais pu écrire un livre, une page, sans être abreuvé de mensonges et d'injures, quitte à ce qu'on soit forcé, le lendemain, de me donner raison.

J'ai donc l'âme sereine, sans colère ni rancune. Si je n'écoutais que la faiblesse de mon cœur, d'accord avec le dédain de mon intelligence, je serais même pour le grand pardon, je laisserais les malfaiteurs sous le seul châtiment de l'éternel mépris public. Mais il est, je crois, des sanctions pénales nécessaires, et l'argument décisif est que, si quelque redoutable exemple n'est pas fait, si la justice ne frappe pas les hauts coupables, jamais le petit peuple ne croira à l'immensité du crime. Il faut un pilori dressé pour que la foule sache enfin. Je laisse donc la Némésis achever son œuvre vengeresse, je ne l'aiderai pas. Et, dans mon indulgence de poète, pleinement satisfait du triomphe de l'idéal, il ne reste qu'une révolte exaspérée, la pensée affreuse que le colonel Picquart est encore sous les verrous. Pas un jour ne s'est passé, sans que, de mon exil, ma douleur fraternelle ne soit allée à lui, dans sa prison. Que Picquart ait pu être arrêté, que depuis un an bientôt on le tienne dans une geôle, comme un malfaiteur, qu'on ait prolongé sa torture par la plus infâme des comédies judiciaires, c'est là un fait monstrueux qui affole la raison. La tache restera ineffaçable sur tous ceux qui ont trempé dans cette iniquité suprême. Et, si demain Picquart n'est pas libre, c'est la France tout entière qui ne se lavera jamais de l'inexplicable folie d'avoir laissé aux mains criminelles des bourreaux, des menteurs, des faussaires, le plus noble, le plus héroïque et le plus glorieux de ses enfants.

Alors seulement l'œuvre sera complète. Et ce n'est pas une moisson de haine, c'est une moisson de bonté, d'équité, d'espérance infinie, que nous avons semée. Il faut qu'elle pousse. Aujourd'hui, on ne peut encore qu'en prévoir la richesse. Tous les partis politiques ont sombré, le pays s'est partagé en deux camps: d'une part, les forces réactionnaires du passé; de l'autre, les esprits d'examen, de vérité et de droiture, en marche vers l'avenir. Ces postes de combat sont les seuls logiques, nous devons les garder pour les conquêtes de demain. A l'œuvre donc, par la plume, par la parole, par l'action! à l'œuvre de progrès et de délivrance! Ce sera l'achèvement de 89, la révolu-

155

tion pacifique des intelligences et des cœurs, la démocratie solidaire, libérée des puissances mauvaises, fondée enfin sur la loi du travail, qui permettra l'équitable répartition des richesses. Dès lors, la France libre, la France justicière, annonciatrice de la juste société du prochain siècle, se retrouvera souveraine parmi les nations. Il n'est pas d'empire si bardé de fer, qui ne croulera, quand elle aura donné la justice au monde, comme elle lui a déjà donné la liberté. Je ne vois plus pour elle d'autre rôle historique, et elle n'a pas connu encore un tel resplendissement de gloire.

Je suis chez moi, M. le Procureur général peut donc, quand il lui plaira, me faire signifier l'arrêt de la Cour d'assises de Versailles, qui m'a condamné, par défaut, à un an de prison et à trois mille francs d'amende. Et nous nous retrouverons devant le jury.

En me faisant poursuivre, je n'ai voulu que la vérité et la justice. Elles sont aujourd'hui. Mon procès n'est plus utile, et il ne m'intéresse plus. La justice devra simplement dire s'il y a crime à vouloir la vérité.

LE CINQUIÈME ACTE

Ces pages ont paru dans l'*Aurore*, le 12 septembre 1899.

J'avais fait opposition à l'arrêt de la Cour d'assises de Versailles et au jugement de la Cour d'appel de Paris, pour les experts, tous les deux rendus par défaut, et j'attendais. La justice n'avait d'ailleurs plus de hâte, elle désirait connaître le résultat du nouveau procès Dreyfus, à Rennes. Le ministère Dupuy, tombé le 12 juin 1899, venait d'être remplacé par le ministère Waldeck-Rousseau, le 22 juin. Ce fut le 1er juillet que Dreyfus débarqua en France, par une nuit de tempête, le 8 août que commença son nouveau procès, et le 9 septembre qu'un conseil de guerre le condamna une seconde fois. J'écrivis cet article, le lendemain.

Je suis dans l'épouvante. Et ce n'est plus la colère, l'indignation vengeresse, le besoin de crier le crime, d'en demander le châtiment, au nom de la vérité et de la justice; c'est l'épouvante, la terreur sacrée de l'homme qui voit l'impossible se réaliser, les fleuves remonter vers leurs sources, la terre culbuter sous le soleil. Et ce que je crie, c'est la détresse de notre généreuse et noble France, c'est l'effroi de l'abîme où elle roule.

Nous nous étions imaginé que le procès de Rennes était le cinquième acte de la terrible tragédie que nous vivons depuis bientôt deux ans. Toutes les péripéties dangereuses nous semblaient épuisées, on croyait aller vers un dénouement d'apaisement et de concorde. Après la douloureuse bataille, la victoire du droit devenait inévitable, la pièce devait se terminer heureusement par le triomphe classique de l'innocent. Et voilà que nous nous sommes trompés, une péripétie nouvelle se déclare, la plus inattendue, la plus affreuse de toutes, assombrissant encore le drame, le prolongeant et le lançant vers une fin ignorée, devant laquelle notre raison se trouble et défaille.

Le procès de Rennes n'était décidément que le quatrième acte. Et, grand Dieu! quel sera donc le cinquième?

de quelles douleurs et de quelles souffrances nouvelles va-t-il donc être fait, à quelle expiation suprême va-t-il jeter la nation? Car, n'est-ce pas? il est bien certain que l'innocent ne peut pas être condamné deux fois et qu'un tel dénouement éteindrait le soleil et soulèverait les peuples.

Ah! ce quatrième acte, ce procès de Rennes, dans quelle agonie morale je l'ai vécu, au fond de la complète solitude où je m'étais réfugié, pour disparaître de la scène en bon citoyen, désireux de n'être plus une occasion de passion et de trouble! Avec quel serrement de cœur j'attendais les nouvelles, les lettres, les journaux, et quelles révoltes, quelles douleurs à les lire! Les journées de cet admirable mois d'août en devenaient noires, et jamais je n'ai senti l'ombre et le froid d'un deuil si affreux, sous des cieux plus éclatants.

Certes, depuis deux ans, les souffrances ne m'ont pas manqué. J'ai entendu les foules hurler à la mort sur mes talons, j'ai vu passer à mes pieds un immonde débordement d'outrages et de menaces, j'ai connu pendant onze mois les désespérances de l'exil. Et il y a eu aussi mes deux procès, des spectacles lamentables de vilenie et d'iniquité. Mais que sont mes procès à côté du procès de Rennes? des idylles, des scènes rafraîchissantes, où fleurit l'espoir. Nous avions bien assisté à des monstruosités, les poursuites contre le colonel Picquart, l'enquête sur la Chambre criminelle, la loi de dessaisissement qui en est résultée. Seulement, tout cela n'est plus qu'enfantillage, l'inévitable progression a suivi son cours, le procès de Rennes s'épanouit au sommet, énorme, comme la fleur abominable de tous les fumiers entassés.

On aura vu là le plus extraordinaire ensemble d'attentats contre la vérité et contre la justice. Une bande de témoins dirigeant les débats, se concertant chaque soir pour le louche guet-apens du lendemain, requérant à coups de mensonges aux lieu et place du ministère public, terrorisant et insultant leurs contradicteurs, s'imposant par l'insolence de leurs galons et de leurs panaches. Un tribunal en proie à cette invasion des chefs, souffrant visiblement de les voir en criminelle posture, obéissant à toute une mentalité spéciale, qu'il faudrait démonter longuement pour juger les juges. Un ministère public grotesque, reculant les limites de l'imbécillité, laissant aux historiens de demain un réquisitoire dont le néant stupide et meurtrier sera une éternelle stupeur, d'une telle cruauté sénile et têtue, qu'elle apparaît inconsciente, née d'un animal humain inclassé encore. Une défense qu'on tente d'abord d'assassiner, puis qu'on fait asseoir chaque fois qu'elle devient gênante, à laquelle on refuse de laisser apporter la preuve décisive, lorsqu'elle réclame les seuls témoins qui savent.

Et, pendant un mois, l'abomination a duré devant l'innocent, ce pitoyable Dreyfus, dont la pauvre loque humaine ferait pleurer les pierres, et ses anciens camarades sont venus lui donner un coup de pied encore, et ses anciens chefs sont venus l'écraser de leurs grades, pour se sauver eux-mêmes du bagne, et il n'y a pas eu un cri de pitié, un frisson de générosité, dans ces vilaines âmes. Et c'est notre douce France qui a donné ce spectacle au monde.

Quand on aura publié le compte rendu in extenso du procès de Rennes, il n'existera pas un monument plus exécrable de l'infamie humaine. Cela dépasse tout, jamais document plus scélérat n'aura encore été fourni à l'Histoire. L'ignorance, la sottise, la folie, la cruauté, le mensonge, le crime, s'y étalent avec une impudence telle, que les générations de demain en frémiront de honte. Il y a là-dedans des aveux de notre bassesse dont l'humanité entière rougira. Et c'est bien cela qui fait mon épouvante, car pour qu'un tel procès ait pu se produire dans une nation, pour qu'une nation livre au monde civilisé une telle consultation sur son état moral et intellectuel, il faut qu'elle traverse une horrible crise. Est-ce donc la mort prochaine? et quel bain de bonté, de pureté, d'équité nous sauvera de la boue empoisonnée où nous agonisons?

Comme je l'écrivais dans ma « Lettre au Président de la République », après le scandaleux acquittement d'Esterhazy, il est impossible qu'un conseil de guerre défasse ce qu'a fait un conseil de guerre. Cela est contraire à la discipline. Et l'arrêt du conseil de guerre de Rennes, dans son embarras jésuitique, cet arrêt qui n'a pas le courage de dire oui ou non, est la preuve éclatante que la justice militaire est impuissante à être juste, puisqu'elle n'est pas libre, puisqu'elle se refuse à l'évidence, jusqu'à condamner de nouveau un innocent, plutôt que de mettre en doute son infaillibilité. Elle n'apparaît plus que comme une arme d'exécution, dans la main des chefs. Désormais, elle ne saurait être qu'une justice expéditive, en temps de guerre. Elle doit disparaître en temps de paix, du moment qu'elle est incapable d'équité, de simple logique et de bon sens. Elle-même s'est condamnée.

Songe-t-on à cette situation atroce qui nous est faite, parmi les nations civilisées? Un premier conseil de guerre, trompé dans son ignorance des lois, dans sa maladresse à juger, condamne un innocent. Un second conseil de guerre, qui a pu être trompé encore par le plus impudent complot de mensonges et de fraudes, acquitte un coupable. Un troisième conseil de guerre, quand la lumière est faite, quand la plus haute magistrature du pays veut lui laisser la gloire de réparer l'erreur, ose nier le plein jour et de nouveau condamne l'innocent. C'est l'irréparable, le crime suprême a été commis. On n'avait condamné Jésus qu'une fois. Mais que tout croule, que la France soit en proie aux factions, que la patrie en feu s'abîme dans les décombres, que l'armée elle-même y laisse son honneur, plutôt que de confesser que des camarades se sont trompés et que des chefs ont pu être des menteurs et des faussaires! L'idée sera crucifiée, le sabre doit rester roi.

Et nous voilà, devant l'Europe, devant le monde, dans cette belle situation. Le monde entier est convaincu de l'innocence de Dreyfus. Si un doute était resté chez quelque peuple lointain, l'éclat aveuglant du procès de Rennes aurait achevé d'y porter la lumière. Toutes les cours des grandes puissances nos voisines sont renseignées, connaissent les documents, ont la preuve de l'indignité de trois ou quatre de nos généraux et de la paralysie honteuse de notre justice militaire. Notre Sedan moral est perdu, cent fois plus désastreux que l'autre, celui où il n'y a eu que du sang versé. Et, je le répète, ce qui m'épouvante, c'est que cette défaite de notre honneur semble irréparable, car comment casser les jugements de trois conseils de guerre, où trouverons-nous l'héroïsme de confesser la faute, pour marcher encore le front haut? Où est le gouvernement de courage et de salut public, où sont les

Chambres qui comprendront, qui agiront, avant l'inévitable effondrement final?

Le pis est que nous voici arrivés à une échéance de gloire. La France a voulu fêter son siècle de travail, de science, de luttes pour la liberté, pour la vérité et la justice. Il n'y a pas eu de siècle d'un effort plus superbe, on le verra plus tard. Et la France a donné rendez-vous chez elle à tous les peuples pour glorifier sa victoire, la liberté conquise, la vérité et la justice promises à la terre. Alors, dans quelques mois, les peuples vont venir, et ce qu'ils trouveront, ce sera l'innocent condamné deux fois, la vérité souffletée, la justice assassinée. Nous sommes tombés dans leur mépris, et ils viendront godailler chez nous, ils boiront nos vins, ils embrasseront nos servantes, comme on fait dans l'auberge louche où l'on consent à s'encanailler. Est-ce possible cela, est-ce que nous allons accepter que notre Exposition soit le mauvais lieu méprisé où le monde entier voudra bien faire la fête? Non, non! il nous faut tout de suite le cinquième acte de la monstrueuse tragédie, dussions-nous y laisser encore de notre chair. Il nous faut notre honneur, avant que nous saluions les peuples, dans une France guérie et régénérée.

Ce cinquième acte, il me hante, et je reviens toujours à lui, je le cherche, je l'imagine. A-t-on remarqué que cette affaire Dreyfus, ce drame géant qui remue l'univers, semble mis en scène par quelque dramaturge sublime, désireux d'en faire un chef-d'œuvre incomparable? Je ne rappelle pas les extraordinaires péripéties qui ont bouleversé toutes les âmes. A chaque acte nouveau, la passion a grandi, l'horreur a éclaté plus intense. Dans cette œuvre vivante, c'est le destin qui a du génie, il est quelque part poussant les personnages, déterminant les faits, sous la tempête qu'il déchaîne. Et il veut sûrement que le chef-d'œuvre soit complet, et il nous prépare quelque cinquième acte surhumain qui refera la France glorieuse, à la tête des nations. Car, soyez-en convaincus, c'est lui qui a voulu le crime suprême, l'innocent condamné une deuxième fois. Il fallait que le crime fût commis, pour la grandeur tragique, pour la beauté souveraine, pour l'expiation peut-être, qui permettra l'apothéose. Et, maintenant, puisqu'on a touché le fond de l'horreur, j'attends le cinquième acte qui terminera le drame, en nous délivrant, en nous refaisant une santé et une jeunesse nouvelles.

Mon épouvante, je la dirai nettement aujourd'hui. Elle a toujours été, comme je l'ai laissé entendre, à diverses reprises, que la vérité, la preuve décisive, accablante, ne nous vienne de l'Allemagne. L'heure n'est plus de faire le silence sur ce mortel danger. Trop de lumière rayonne, il faut envisager courageusement le cas où ce serait l'Allemagne qui, dans un coup de tonnerre, apporterait le cinquième acte.

Voici ma confession. Avant mon procès, dans le courant de janvier 1898, je sus de la façon la plus certaine qu'Esterhazy était « le traître », qu'il avait fourni à M. de Schwartzkoppen un nombre considérable de documents, que beaucoup de ces documents étaient de son écriture, et que la collection complète se trouvait à Berlin, au Ministère de la guerre. Je ne fais point métier d'être patriote, mais j'avoue que les certitudes qui me furent données me bouleversèrent; et, depuis ce temps, mon angoisse de bon Français n'a point cessé, j'ai vécu dans la terreur que l'Allemagne, notre ennemie de demain peut-être, ne nous souffletât avec les preuves qui sont en sa possession.

Eh quoi! le conseil de guerre de 1894 condamne Dreyfus innocent, le conseil de guerre de 1898 acquitte Esterhazy coupable, et notre ennemie détient les preuves de la double erreur de notre justice militaire, et tranquillement la France s'entête dans cette erreur, accepte l'effroyable danger dont elle est menacée! On dit que l'Allemagne ne peut user de documents qu'elle tient de l'espionnage. Qu'en sait-on? Que la guerre éclate demain, ne commencera-t-elle pas peut-être par perdre notre armée d'honneur devant l'Europe, en publiant les pièces, en montrant l'iniquité abominable où se sont obstinés certains chefs? Est-ce qu'une telle pensée est tolérable, est-ce que la France jouira d'un instant de repos, tant qu'elle saura aux mains de l'étranger les preuves de son déshonneur? Moi, je n'en ai plus dormi, je le dis simplement.

Alors, avec Labori, j'ai décidé de citer comme témoins les attachés militaires étrangers, nous doutant bien que nous ne les amènerions pas à la barre, mais voulant faire entendre au gouvernement que nous savions la vérité, espérant qu'il agirait. On a fait la sourde oreille, on a plaisanté, laissant l'arme aux mains de l'Allemagne. Et les choses sont restées en l'état, jusqu'au procès de Rennes. Dès ma rentrée en France, j'ai couru chez Labori, j'ai insisté désespérément pour que des démarches fussent faites auprès du ministère en lui signalant la terrifiante situation, en lui demandant s'il n'allait pas intervenir, afin qu'on nous donnât les documents, grâce à son entremise. Certes, rien n'était plus délicat, puis il y avait ce malheureux Dreyfus qu'on voulait sauver, de sorte qu'on était prêt à toutes les concessions, par crainte d'irriter l'opinion publique affolée. D'ailleurs, si le conseil de guerre acquittait Dreyfus, il ôtait par là même tout virus nuisible aux documents, il brisait entre les mains de l'Allemagne l'arme dont elle pourrait se servir. Dreyfus acquitté, c'était l'erreur reconnue, réparée. L'honneur redevenait sauf.

Et mon tourment patriotique a recommencé, plus intolérable, lorsque j'ai senti qu'un conseil de guerre allait aggraver le péril, en condamnant de nouveau l'innocent, celui dont la publication des documents de Berlin criera un jour l'innocence. C'est pourquoi je n'ai cessé d'agir, suppliant Labori de réclamer les documents, de citer en témoignage M. de Schwartzkoppen, qui seul peut faire la pleine lumière. Et le jour où Labori, ce héros frappé d'une balle sur le champ de bataille, a profité d'une occasion que lui offraient les accusateurs, en poussant à la barre un étranger indigne, le jour où il s'est levé pour demander qu'on entendît l'homme dont un mot devait terminer l'Affaire, il a rempli tout son devoir, il a été la voix héroïque que rien ne fera taire, dont la demande survit au procès et doit fatalement, à l'heure voulue, le recommencer pour le finir par la seule solution possible, l'acquittement de l'innocent. La demande des documents est posée, je défie que les documents ne soient pas produits.

Voyez dans quel péril accru, intolérable, nous a mis le président du conseil de guerre de Rennes, en usant de son pouvoir discrétionnaire pour empêcher la production des documents. Rien de plus brutal, pas de porte plus volontairement fermée à la vérité. « Nous ne voulons pas qu'on nous apporte l'évidence, car nous voulons condamner. » Et un troisième conseil de guerre s'est joint aux deux autres, dans l'erreur aveugle, de sorte que le démenti venu de l'Allemagne frapperait maintenant trois sentences iniques. N'est-ce pas de la démence pure, n'est-ce pas à crier de révolte et d'inquiétude?

Le ministère que ses agents ont trahi, qui a eu la faiblesse de laisser les grands enfants de mentalité obscure jouer avec les allumettes et les couteaux, le ministère qui a oublié que gouverner c'est prévoir, n'a qu'à se hâter d'agir, s'il ne veut pas abandonner au bon plaisir de l'Allemagne le cinquième acte, le dénouement devant lequel tout Français devrait trembler. C'est lui, le gouvernement, qui a la charge de jouer ce cinquième acte au plus tôt, pour empêcher qu'il ne nous vienne de l'étranger. Il peut se procurer les documents, la diplomatie a résolu des difficultés plus grandes. Le jour où il saura demander les documents énumérés au bordereau, on les lui donnera. Et ce sera là le fait nouveau, qui nécessitera une seconde révision devant la Cour de cassation, instruite cette fois, je l'espère, et cassant sans renvoi, dans la plénitude de sa souveraine magistrature.

Mais, si le gouvernement reculait encore, les défenseurs de la vérité et de la justice feront le nécessaire. Pas un de nous ne désertera son poste. La preuve, la preuve invincible, nous finirons bien par l'avoir.

Le 23 novembre, nous serons à Versailles. Mon procès recommencera, puisqu'on veut qu'il recommence dans toute son ampleur. Si d'ici là justice n'est pas faite, nous aiderons encore à la faire. Mon cher, mon vaillant Labori, dont l'honneur n'a fait que grandir, prononcera donc à Versailles la plaidoirie qu'il n'a pu prononcer à Rennes;

et c'est bien simple, rien ne sera perdu. Moi, je ne le ferai pas taire. Il n'aura qu'à dire la vérité, sans craindre de me nuire, car je suis prêt à la payer de ma liberté et de mon sang.

Devant la Cour d'assises de la Seine, j'ai juré l'innocence de Dreyfus. Je la jure devant le monde entier, qui maintenant la crie avec moi. Et je le répète, la vérité est en marche, rien ne l'arrêtera. A Rennes, elle vient de faire un pas de géant. Je n'ai plus que l'épouvante de la voir arriver, dans un coup de foudre de la Némésis vengeresse, saccageant la patrie, si nous ne nous hâtons pas de la faire resplendir nous-mêmes, sous notre clair soleil de France.

LETTRE À MADAME ALFRED DREYFUS

Ces pages ont paru dans l'*Aurore*, le 29 septembre 1899.

Je les écrivis, lorsque M. le président Loubet eut signé la grâce d'Alfred Dreyfus, le 19 septembre, et que l'innocent, condamné deux fois, fut rendu aux siens. J'étais décidé à garder le silence, tant que mon procès ne serait pas revenu devant la Cour d'assises de Versailles; et là seulement j'aurais parlé. Mais il était des circonstances où je ne pouvais rester muet.

Madame,

On vous rend l'innocent, le martyr, on rend à sa femme, à son fils, à sa fille, le mari et le père, et ma première pensée va vers la famille réunie enfin, consolée, heureuse. Quel que soit encore mon deuil de citoyen, malgré la douleur indignée, la révolte où continuent à s'angoisser les âmes justes, je vis avec vous cette minute délicieuse, trempée de bonnes larmes, la minute où vous avez serré dans vos bras le mort ressuscité, sorti vivant et libre du tombeau. Et, quand même, ce jour est un grand jour de victoire et de fête.

Je m'imagine la première soirée, sous la lampe, dans l'intimité familiale, lorsque les portes sont fermées et que toutes les abominations de la rue meurent au seuil domestique. Les deux enfants sont là, le père est revenu du lointain voyage, si long, si obscur. Ils le baisent, ils attendent de lui le récit qu'il leur fera plus tard. Et quelle paix confiante, quel espoir d'un avenir réparateur, tandis que la mère s'empresse doucement, ayant encore, après tant d'héroïsme, une tâche héroïque à remplir, celle d'achever par ses soins et par sa tendresse le salut du crucifié, du pauvre être qu'on lui rend. Une douceur endort la maison close, une infinie bonté baigne de toutes parts la chambre discrète où sourit la famille, et nous sommes là dans l'ombre, muets, récompensés, nous tous qui avons voulu cela, qui luttons depuis tant de mois pour cette minute de bonheur.

Quant à moi, je le confesse, mon œuvre n'a été d'abord qu'une œuvre de solidarité humaine, de pitié et d'amour. Un innocent souffrait le plus effroyable des supplices, je n'ai vu que cela, je ne me suis mis en campagne que pour le délivrer de ses maux. Dès que son innocence me fut prouvée, il y eut en moi une hantise affreuse, cette pensée de tout ce que le misérable avait souffert, de tout ce qu'il souffrait encore dans le cachot muré où il agonisait, sous la fatalité monstrueuse dont il ne pouvait même déchiffrer l'énigme. Quelle tempête sous ce crâne, quelle attente dévorante, ramenée par chaque aurore! Et je n'ai plus vécu, et mon courage n'a été fait que de ma pitié, et mon but unique a été de mettre fin à la torture, de soulever la pierre pour que le supplicié revînt à la clarté du jour, fût rendu aux siens, qui panseraient ses plaies.

Affaire de sentiment, comme disent les politiques, avec un léger haussement d'épaules. Mon Dieu! oui, mon cœur seul était pris, j'allais au secours d'un homme en détresse, fût-il juif, catholique ou mahométan. Je croyais alors à une simple erreur judiciaire, j'ignorais la grandeur du crime qui tenait cet homme enchaîné, écrasé au fond de la fosse scélérate, où l'on guettait son agonie. Aussi étais-je sans colère contre les coupables, inconnus encore. Simple écrivain, arraché par la compassion à sa besogne coutumière, je ne poursuivais aucun but politique, je ne travaillais pour aucun parti. Mon parti, à moi, dès ce début de la campagne, ce n'était que l'humanité à servir.

Et ce que je compris, ensuite, ce fut la terrible difficulté de notre tâche. A mesure que la bataille se déroulait, s'étendait, je sentais que la délivrance de l'innocent demanderait des efforts surhumains. Toutes les puissances sociales se liguaient contre nous, et nous n'avions pour nous que la force de la vérité. Il nous faudrait faire un miracle, pour ressusciter l'enseveli. Que de fois, pendant ces deux cruelles années, j'ai désespéré de l'avoir, de le rendre vivant à sa famille! Il était toujours là-bas, dans sa tombe, et nous avions beau nous mettre à cent, à mille, à vingt mille, la pierre était si lourde des iniquités entassées, que je craignais de voir nos bras s'user, avant le suprême effort. Jamais, jamais plus! Peut-être un jour, dans longtemps, ferions-nous la vérité, obtiendrions-nous la justice. Mais lui, le malheureux serait mort, jamais sa femme, jamais ses enfants ne lui auraient donné le baiser triomphant du retour.

Aujourd'hui, madame, voilà que nous avons fait le miracle. Deux années de luttes géantes ont réalisé l'impossible, notre rêve est accompli, puisque le supplicié est descendu de sa croix, puisque l'innocent est libre, puisque votre mari vous est rendu. Il ne souffrira plus, la souffrance de nos cœurs est donc finie, l'image intolérable cesse de troubler notre sommeil. Et c'est pourquoi, je le répète, c'est aujourd'hui jour de grande fête, de grande victoire. Discrètement, tous nos cœurs communient avec le vôtre, il n'est pas une femme, pas une mère, qui n'ait senti son cœur se fondre, en songeant à cette première soirée intime, sous la lampe, dans l'affectueuse émotion du monde entier, dont la sympathie vous entoure.

Sans doute, madame, cette grâce est amère. Est-il possible qu'une telle torture morale soit imposée après tant de tortures physiques? et quelle révolte à se dire qu'on obtient de la pitié ce qu'on ne devrait tenir que de la justice!

Le pis est que tout semble avoir été concerté pour aboutir à cette iniquité dernière. Les juges ont voulu cela, frapper encore l'innocent, pour sauver les coupables, quitte à se réfugier dans l'hypocrisie affreuse d'une apparence de miséricorde. « Tu veux l'honneur, nous ne te ferons que l'aumône de la liberté, pour que ton déshonneur légal couvre les crimes de tes bourreaux. » Et il n'est pas, dans la longue série des ignominies commises, un attentat plus abominable contre la dignité humaine. Cela dépasse tout, faire mentir la divine pitié, en faire l'instrument du mensonge, en souffleter l'innocence pour que le meurtre se promène au soleil, galonné et empanaché!

Et quelle tristesse, en outre, que le gouvernement d'un grand pays se résigne, par une faiblesse désastreuse, à être miséricordieux, quand il devrait être juste! Trembler devant l'arrogance d'une faction, croire qu'on va faire de l'apaisement avec de l'iniquité, rêver je ne sais quelle embrassade menteuse et empoisonnée, est le comble de l'aveuglement volontaire. Est-ce que le gouvernement, au lendemain de l'arrêt scandaleux de Rennes, ne devait pas le déférer à la Cour de cassation, cette juridiction suprême qu'il bafoue d'une si insolente façon? Est-ce que le salut du pays n'était pas dans cet acte d'énergie nécessaire, qui sauvait notre honneur aux yeux du monde, qui rétablissait chez nous le règne de la loi? Il n'y a d'apaisement définitif que dans la justice, toute lâcheté ne sera qu'une cause de fièvre nouvelle, et ce qui nous a manqué jusqu'ici, c'est un gouvernement de bravoure qui veuille bien aller jusqu'au bout de son devoir, pour remettre dans le doit chemin la nation égarée, affolée de mensonges.

Mais notre déchéance est telle, que nous en sommes réduits à féliciter le gouvernement de s'être montré pitoyable. Il a osé être bon, grand Dieu! Quelle audace folle, quelle extraordinaire vaillance, qui l'expose aux morsures des fauves, dont les bandes sauvages, sorties de la forêt ancestrale, rôdent parmi nous! Etre bon quand on ne peut pas être fort, c'est déjà méritoire. Et, d'ailleurs, madame, cette réhabilitation qui aurait dû être immédiate, pour la juste gloire du pays lui-même, votre mari peut l'attendre, le front haut, car il n'est pas d'innocent qui soit plus innocent, devant tous les peuples de la terre.

Votre mari, ah! madame, laissez-moi vous dire quel est pour lui notre admiration, notre vénération, notre culte. Il a tant souffert, et sans cause, sous l'assaut de l'imbécillité, de la méchanceté humaines, que nous voudrions panser d'une tendresse chacune de ses plaies. Nous sentons bien que la réparation est impossible, que jamais la société ne pourra payer sa dette envers le martyr, tenaillé avec une obstination si atroce, c'est pourquoi nous lui élevons un autel dans nos cœurs, n'ayant à lui donner rien de plus pur ni de plus précieux que ce culte de fraternité émue. Il est devenu un héros, plus grand que les autres parce qu'il a plus souffert. La douleur injuste l'a sacré, il est entré, auguste, épuré désormais, dans ce temple de l'avenir, où sont les dieux, ceux dont les images touchent les cœurs, y font pousser une éternelle floraison de bonté. Les lettres impérissables qu'il vous a écrites, madame, resteront comme le plus beau cri d'innocence torturée qui soit sorti d'une âme. Et si, jusqu'ici aucun homme n'a été foudroyé par un destin plus tragique, il n'en est pas qui soit aujourd'hui monté plus haut dans le respect et dans l'amour des hommes.

Puis, comme si ses bourreaux l'avaient voulu grandir encore, voilà qu'ils lui ont imposé la torture suprême du procès de Rennes. Devant ce martyr décloué de sa croix, épuisé, ne se soutenant plus que par la force morale, ils ont défilé sauvagement, bassement, le couvrant de crachats, le lardant à coups de couteau, versant sur ses plaies le fiel et le vinaigre. Et lui, le stoïcien, il s'est montré admirable, sans une plainte, d'un courage hautain, d'une tranquille certitude dans la vérité, qui feront plus tard l'étonnement des générations. Le spectacle a été si beau, si poignant, que l'arrêt d'iniquité a soulevé les peuples, après ces monstrueux débats d'un mois, dont chaque audience criait plus haut l'innocence de l'accusé. Le destin s'accomplissait, l'innocent passait dieu, pour qu'un exemple inoubliable fût donné au monde.

Ici, madame, nous arrivons au sommet. Il n'est pas de gloire, il n'est pas d'exaltation plus haute. Une réhabilitation légale, une formule d'innocence juridique, on serait presque tenté de se demander à quoi bon, puisqu'on ne trouverait pas un honnête homme dans l'univers qui ne soit dès aujourd'hui convaincu de cette innocence. Et, cet innocent, le voilà devenu le symbole de la solidarité humaine, d'un bout à l'autre de la terre. Lorsque la religion du Christ avait mis quatre siècles à se formuler, à conquérir quelques nations, la religion de l'innocent, condamné deux fois, a fait d'un coup, le tour du monde, réunissant dans une immense humanité toutes les nations civilisées. Je cherche, au cours de l'Histoire, un pareil mouvement de fraternité universelle, et je ne le trouve pas. L'innocent condamné deux fois a plus fait pour la fraternité des peuples, pour l'idée de solidarité et de justice, que cent ans de discussions philosophiques, de théories humanitaires. Pour la première fois, dans les temps, l'humanité entière a eu un cri de libération, une révolte d'équité et de générosité, comme si elle ne formait plus qu'un peuple, le peuple unique et fraternel rêvé par les poètes.

Et qu'il soit donc honoré, qu'il soit vénéré, l'homme élu par la souffrance, en qui la communion universelle vient de se faire!

Il peut dormir tranquille et confiant, madame, dans le doux refuge familial, réchauffé par vos mains pieuses. Et comptez sur nous, pour sa glorification. C'est nous, les poètes, qui donnons la gloire, et nous lui ferons la part si belle que pas un homme de notre âge ne laissera un souvenir si poignant. Déjà bien des livres sont écrits en son honneur, toute une bibliothèque s'est multipliée pour prouver son innocence, pour exalter son martyre. Tandis que, du côté de ses bourreaux, on compte les rares documents écrits, volumes et brochures, les amants de la vérité et de la justice n'ont cessé et ne cesseront de contribuer à l'Histoire, de publier les pièces innombrables de l'immense enquête, qui permettra un jour de fixer définitivement les faits. C'est le verdict de demain qui se prépare, et celui-là sera l'acquittement triomphal, la réparation éclatante, toutes les générations à genoux et demandant, à la mémoire du supplicié glorieux, le pardon du crime de leurs pères.

Et c'est nous encore, madame, c'est nous, les poètes, qui clouons les coupables à l'éternel pilori. Ceux que nous condamnons, les générations les méprisent et les huent. Il est des noms criminels qui, frappés par nous d'infamie, ne sont plus que des épaves immondes dans la suite des âges. La justice immanente s'est réservé ce châtiment, elle a chargé les poètes de léguer à l'exécration des siècles ceux dont la malfaisance sociale, dont les crimes trop grands échappent aux tribunaux ordinaires. Je sais bien que, pour ces âmes basses, pour ces jouisseurs d'un jour, c'est là un châtiment lointain dont ils se moquent. L'insolence immédiate leur suffit. Triompher à coups de bottes, c'est le succès brutal qui contente leur faim grossière. Et qu'importe le lendemain de la tombe, qu'importe l'infamie, si l'on n'est plus là pour en rougir! L'explication du honteux spectacle qui nous a été donné, est dans cette bassesse d'âme: les effrontés mensonges, les fraudes les plus avérées, les impudences éclatantes, tout ce qui ne saurait durer qu'une heure et qui doit précipiter la ruine des coupables. Ils n'ont donc pas de descendance, ils ne craignent donc pas que la rougeur de la honte ne remonte plus tard sur les joues de leurs enfants et de leurs petits-enfants?

Ah! les pauvres fous! Ils ne semblent pas même se douter que ce pilori, où nous clouerons leurs noms, ce sont eux qui l'ont dressé. Je veux croire qu'il y a là des crânes obtus, dont un milieu spécial, un esprit professionnel ont amené la déformation. Ainsi, ces juges de Rennes, qui recondamnent l'innocent, pour sauver l'honneur de l'armée, peut-on imaginer quelque chose de plus sot? L'armée, ah! ils l'ont bien servie, en la compromettant dans cette inique aventure. Toujours le but grossier, immédiat, sans aucune prévoyance du lendemain. Il fallait sauver les quelques chefs coupables, quitte à ce que ce fût un véritable suicide des conseils de guerre, une suspicion jetée sur le haut commandement, solidaire désormais. Et c'est là, d'ailleurs, un de leurs crimes encore, d'avoir déshonoré l'armée, de s'être faits les ouvriers de plus de désordre et de plus de colère, à ce point que, si le gouvernement a gracié l'innocence, il a sans doute cédé au besoin urgent de réparer la faute, en se croyant réduit à ce déni de justice pour faire un peu d'apaisement.

Mais il faut oublier, madame, il faut surtout mépriser. C'est un grand soutien dans la vie que de mépriser les vilenies et les outrages. Je m'en suis toujours bien trouvé. Voici quarante ans que je travaille, quarante ans que je me tiens debout par le mépris des injures que m'a values chacune de mes œuvres. Et, depuis deux ans que nous nous battons pour la vérité et la justice, l'ignoble flot a tellement grossi autour de nous, que nous en sortons cuirassés à jamais, invulnérables aux blessures. Pour mon compte, il est des feuilles immondes, des hommes de boue, que j'ai rayés de ma vie. Ils ne sont plus, je passe leurs noms quand ils me tombent sous les yeux, je saute jusqu'aux extraits qu'on peut citer de leurs écrits. C'est de l'hygiène, simplement. J'ignore s'ils continuent, mon mépris les a chassés de ma pensée, en attendant que l'égout les prenne tout entiers.

Et c'est l'oubli dédaigneux de tant d'injures atroces, que je conseille à l'innocent. Il est si à part, si haut, qu'il ne doit plus en être atteint. Qu'il revive à votre bras, sous le clair soleil, loin des foules ameutées, n'entendant que le concert des sympathies universelles qui montent vers lui! Paix au martyrisé qui a tant besoin de repos, et qu'il n'y ait plus autour de lui, dans la retraite où vous allez l'aimer et le guérir, que la caresse émue des êtres et des choses!

Nous autres, madame, nous allons continuer la lutte, nous battre demain pour la justice aussi âprement qu'hier. Il nous faut la réhabilitation de l'innocent, moins pour le réhabiliter, lui qui a tant de gloire, que pour réhabiliter la France, qui mourrait sûrement de cet excès d'iniquité.

Réhabiliter la France aux yeux des nations, le jour où elle cassera l'arrêt infâme, tel va être notre effort de chaque heure. Un grand pays ne peut pas vivre sans justice, et le nôtre restera en deuil, tant qu'il n'aura pas effacé la souillure, ce soufflet à sa plus haute juridiction, ce refus du droit atteint chaque citoyen. Le lien social est dénoué, tout croule, dès que la garantie des lois n'existe plus. Et il y a eu, dans ce refus du droit, une telle carrure d'insolence, une bravade si impudente, que nous n'avons même pas la ressource de faire le silence sur le désastre, d'enterrer le cadavre secrètement, pour ne pas rougir devant nos voisins. Le monde entier a vu, a entendu, et c'est devant le monde entier que la réparation doit avoir lieu, retentissante comme a été la faute.

Vouloir une France sans honneur, une France isolée, méprisée, est un rêve criminel. Sans doute les étrangers viendront à notre Exposition, je n'ai jamais douté qu'ils n'envahissent Paris, l'été prochain, comme on court à la fête foraine, dans l'éclat des lampes et dans le vacarme des musiques. Mais est-ce que cela doit suffire à notre fierté? Est-ce que nous ne devons pas tenir autant à l'estime qu'à l'argent de ces visiteurs venus des quatre coins du globe? Nous fêtons notre industrie, nos sciences, nos arts, nous exposons nos travaux du siècle. Oserons-nous exposer notre justice? Et je vois encore cette caricature étrangère, l'île du Diable, reconstituée, montrée au Champ-de-Mars. Pour moi, la honte me brûle, je ne comprends pas que l'Exposition puisse être ouverte, sans que la France ait repris son rang de juste nation. Que l'innocent soit réhabilité, et seulement alors la France sera réhabilitée avec lui.

Mais je le dis encore en terminant, madame, vous pouvez vous en remettre aux bons citoyens qui ont fait rendre la liberté à votre mari et qui lui feront rendre l'honneur. Pas un ne désertera le combat, ils savent qu'ils luttent pour le pays en luttant pour la justice. L'admirable frère de l'innocent leur donnera de nouveau l'exemple du courage et de la sagesse. Et, puisque nous n'avons pu, d'un coup, vous rendre l'être aimé, libre et lavé de l'accusation mensongère, nous ne vous demandons qu'un peu de patience encore, nous espérons bien que vos enfants n'ont plus beaucoup à grandir avant que leur nom soit légalement pur de toute tache.

Ces chers enfants, ma pensée aujourd'hui retourne invinciblement vers eux, et je les vois aux bras de leur père. Je sais avec quel soin jaloux, par quel miracle de délicatesse, vous les avez tenus dans une complète ignorance. Ils croyaient leur père en voyage; puis, leur intelligence avait fini par s'éveiller, ils devenaient exigeants, questionnaient, voulaient les explications à une si longue absence. Que leur dire, lorsque le martyr était encore là-

bas, dans la tombe scélérate, lorsque la preuve de son innocence n'était faite que pour quelques rares croyants? Votre
cœur a dû se briser affreusement. Mais, dans ces dernières
semaines, lorsque son innocence a éclaté pour tous, d'un
flamboiement de soleil, j'aurais voulu que vous les prissiez
tous les deux par la main, et que vous les conduisiez à cette
prison de Rennes, pour qu'ils eussent à jamais dans leur
mémoire leur père retrouvé là, en plein héroïsme. Et vous
leur auriez dit ce qu'il avait souffert, injustement, quelle
grandeur morale était la sienne, de quelle tendresse passionnée ils devaient l'aimer, pour lui faire oublier l'iniquité des hommes. Leurs petites âmes se seraient trempées
à ce bain de mâle vertu.

D'ailleurs, il n'est pas trop tard. Un soir, sous la lampe
familiale, dans la paix émue du foyer domestique, le père
les prendra, les assoira sur ses genoux, et il leur dira
toute la tragique histoire. Il faut qu'ils sachent, pour qu'ils
le respectent, pour qu'ils l'adorent, comme il mérite de
l'être. Quand il aura parlé, ils sauront qu'il n'y a pas au
monde un héros plus acclamé, un martyr dont la souffrance ait bouleversé plus profondément les cœurs. Et ils
seront très fiers de lui, ils porteront son nom avec gloire,
comme le nom d'un brave et d'un stoïque qui s'est épuré
jusqu'au sublime, sous le plus effroyable destin que la
scélératesse et la lâcheté humaines aient laissé s'accomplir. Un jour, ce n'est ni le fils ni la fille de l'innocent,
ce sont les enfants des bourreaux qui auront à rougir,
dans l'exécration universelle.

Veuillez agréer, madame, l'assurance de mon profond
respect.

LETTRE AU SÉNAT

Ces pages ont paru dans l'*Aurore*, le 29 mai 1900.

Huit mois s'étaient de nouveau écoulés, entre le précédent article et celui-ci. L'Exposition universelle avait ouvert ses portes le 15 avril 1900, on se trouvait en pleine trêve. Et mon procès de Versailles était remis régulièrement de session en session. Tous les trois mois, on m'assignait, afin que la prescription ne fût pas acquise; et, le lendemain, je recevais un autre papier, me prévenant de n'avoir pas à me déranger. Il en était de même pour mon affaire des trois experts, les sieurs Belhomme, Varinard et Couard, qu'on renvoyait de mois en mois, indéfiniment. — Il a fallu près de quinze mois, après la grâce d'Alfred Dreyfus, pour mûrir le monstre, la loi d'amnistie, la loi scélérate.

Messieurs les Sénateurs,

Le jour où, la mort dans l'âme, vous avez voté la loi dite de dessaisissement, vous avez commis une première faute. Vous, les gardiens de la loi, vous avez permis un attentat à la loi, en enlevant un accusé à ses juges naturels, soupçonnés d'être des juges intègres. Et c'était déjà sous la pression gouvernementale que vous cédiez, au nom du bien public, pour obtenir l'apaisement qu'on vous promettait, si vous consentiez à trahir la justice.

L'apaisement! Souvenez-vous qu'au lendemain de l'arrêt de la Cour de cassation, toutes Chambres réunies, l'agitation a repris plus violente, plus meurtrière. Vous vous étiez déshonorés en pure perte, du moment que votre loi de circonstance, dont on attendait l'injustice désirée, tournait au triomphe de l'innocent. Et souvenez-vous qu'il s'est trouvé un tribunal militaire pour consommer quand même la suprême iniquité, soufflet à notre plus haute magistrature, dont la conscience nationale aura à rougir, tant que l'outrage n'aura pas été réparé.

Aujourd'hui, on vous demande de commettre une seconde faute, la dernière, la plus maladroite et la plus dangereuse. Ce n'est plus d'une loi de dessaisissement qu'il s'agit, c'est d'une loi d'étranglement. Vous n'aviez fait que changer les juges, vous êtes sollicités cette fois de dire qu'il n'y a plus de juges. Après avoir accepté la vilaine besogne d'adultérer la justice, vous voilà chargés de déclarer la justice en faillite. Et, de nouveau, on vous met sur la gorge la nécessité politique, on vous arrache votre vote au nom du salut de la patrie, on vous affirme que, seule, votre mauvaise action peut nous donner l'apaisement.

L'apaisement! Il ne saurait être que dans la vérité et dans la justice. Vous ne l'obtiendrez pas plus en supprimant les juges que vous ne l'avez obtenu en les changeant. Vous l'obtiendrez moins encore, car vous aggravez la décomposition sociale, vous jetez le pays à plus de mensonge et à plus de haine. Et, lorsque apparaîtra la misère de cet expédient d'une heure, lorsque tant d'ordures enterrées achèveront d'empoisonner et d'affoler la nation, c'est vous qui serez les responsables, les coupables, les mandataires dont l'Histoire dira la criminelle faiblesse.

Il y a plus de deux mois déjà, Messieurs les Sénateurs, lorsque j'ai demandé à être entendu par votre commission, mon désir était surtout de protester devant elle contre le projet d'amnistie dont on nous menaçait. Cette protestation, je n'écris aujourd'hui cette lettre que pour la renouveler avec plus d'énergie encore, à la veille du jour où vous allez être appelés à discuter cette loi d'amnistie, que je considère à mon point de vue personnel comme un déni de justice, et au point de vue de notre honneur national comme une tache ineffaçable.

Ce que j'ai dit devant votre commission, ai-je besoin

de vous le répéter ici? On finit par éprouver quelque fatigue et quelque honte à redire sans cesse les mêmes choses. C'est une histoire que sait le monde entier, qu'il a jugée depuis longtemps, au sujet de laquelle des Français seuls peuvent continuer à se battre, dans le coup de démence des passions politiques et religieuses. J'ai dit qu'après m'avoir brutalement fermé la bouche à Paris, par l'impudent « La question ne sera pas posée », et qu'après avoir voulu, à Versailles, « serrer la vis à Labori », il était vraiment monstrueux de me refuser le procès que j'ai voulu, les juges que j'ai payés à l'avance de tant d'outrages, de tant de tourments et de près d'une année d'exil, pour l'unique triomphe de la vérité. J'ai dit que jamais amnistie plus extravagante ni plus inquiétante n'aura bafoué le droit, car on n'a jamais amnistié à la fois que des délits et des crimes du même ordre, en faveur de condamnés subissant déjà leur peine, tandis qu'il s'agit ici d'amnistier le plus étrange mélange d'actes différents, commis dans des ordres divers, dont plusieurs n'ont pas même encore été soumis aux tribunaux. Et j'ai dit que l'amnistie était faite contre nous, contre les défenseurs du droit, pour sauver les véritables criminels, en nous fermant la bouche par une clémence hypocrite et injurieuse, en mettant dans le même sac les honnêtes gens et les coquins, suprême équivoque qui achèvera de pourrir la conscience nationale.

D'ailleurs, je n'ai pas été le seul à dire ces choses, ce jour-là. Le colonel Picquart et M. Joseph Reinach avaient voulu, comme moi, être entendus par votre commission. Et cette dernière a donc eu l'édifiant spectacle de trois hommes dont les cas sont absolument différents, et dont on entend se débarrasser par le même moyen expéditif du déni de justice. Ils ne se connaissaient pas avant l'Affaire, ils sont venus de trois mondes opposés, ils se trouvent l'un sous la seule menace d'une action devant un conseil de guerre, l'autre avec un procès en cours devant les assises, le troisième condamné par défaut à trois mille francs d'amende et à un an de prison. N'importe, on confond leurs cas, on les jette à la même solution bâtarde, sans se soucier de la situation atroce où on les laisse, de leur vie brisée, des accusations dont ils ne pourront se laver, des preuves de leur bonne foi qu'ils ne pourront apporter. On achève de les salir en les renvoyant dos à dos avec des bandits, par une comédie infâme qui entend donner une couleur de magnanimité patriotique à une mesure d'iniquité et de lâcheté universelles. Et vous ne voulez pas que ces trois hommes protestent de toute leur douleur de citoyens lésés dans leurs intérêts et dans leur amour de la grande France, dont ils n'ont cru être que les dignes enfants! Certes, je proteste encore, et je sais bien que le colonel Picquart et M. Joseph Reinach protestent ici avec moi, comme ils l'ont fait le jour où nous avons déposé devant votre commission.

Mais, ces choses, Messieurs les Sénateurs, tout le monde les sait, vous les savez vous-mêmes mieux que personne, étant dans la coulisse politique où la monstrueuse aventure s'est cuisinée. Votre commission les savait, ce qui explique l'angoisse juridique où elle s'est longtemps débattue, la répugnance qu'elle éprouvait à patronner un projet indigne, répugnance dont la pression gouvernementale, dans les circonstances que vous connaissez, a pu seule avoir raison. Vous-mêmes, j'en suis certain, vous convenez tout bas que jamais on ne vit pareil amas de turpitudes, de mensonges et de crimes, d'illégalités flagrantes et de dénis de justice. C'est même l'épouvantable entassement des attentats et des hontes qui vous terrifie. Comment nettoyer le pays de tout cela? Comment faire rendre la justice à chacun, sans que la France du passé en soit ruinée, jusque dans ses vieilles fondations, et sans être obligé de reconstruire enfin la jeune et glorieuse France de demain? Et les pensées lâches naissent dans les esprits les plus fermes, il y a trop de cadavres, on va creuser un trou pour les enfouir à la hâte, avec l'espoir qu'on n'en reparlera plus, quitte à ce que leur décomposition perce la mince couche de terre qui les recouvre, et fasse bientôt crever de la peste le pays tout entier.

C'est bien cela, n'est-ce pas? et nous sommes d'accord sur ce point que le mal, monté des profondeurs cachées du corps social, révélé au plein jour, est effroyable. Et nous ne différons que sur la manière de tenter la guérison. Vous, hommes de gouvernement, vous enterrez, vous paraissez croire que ce qu'on ne voit plus n'existe plus; tandis que nous autres, simples citoyens, nous voudrions purifier tout de suite, brûler les éléments pourris, en finir avec les ferments de destruction, pour que le corps tout entier retrouve la santé et la force.

Et l'avenir dira qui avait raison.

L'histoire est fort simple, Messieurs les Sénateurs, mais il n'est pas inutile de la résumer ici.

Au début, dans l'affaire Dreyfus, il n'y a eu qu'une question de justice, l'erreur judiciaire dont quelques citoyens, de cœur plus juste, plus tendre que les autres sans doute, ont voulu la réparation. Personnellement, je n'y ai pas vu d'abord autre chose. Et voilà que, bientôt, à mesure que la monstrueuse aventure se déroulait, que les responsabilités remontaient plus haut, gagnaient les chefs militaires, les fonctionnaires, les hommes au pouvoir, la question s'est emparée du corps politique tout entier, transformant la cause célèbre en une crise terrible et générale, où le sort de la France elle-même semblait devoir se décider. C'est ainsi que, peu à peu, deux partis se sont trouvés aux prises: d'un côté, toute la réaction, tous les adversaires de la véritable République que nous devrions avoir, tous les esprits qui, sans qu'ils le sachent peut-être, sont pour l'autorité sous diverses formes, religieuse, militaire, politique; de l'autre, toute la libre action vers l'avenir, tous les cerveaux libérés par la science, tous ceux qui vont à la vérité, à la justice, qui croient au progrès continu, dont les conquêtes finiront par réaliser un jour le plus de bonheur possible. Et, dès lors, la bataille a été sans merci.

De judiciaire, qu'elle était, qu'elle aurait dû rester, l'affaire Dreyfus est devenue politique. Tout le venin est là. Elle a été l'occasion qui a fait monter brusquement à la surface l'obscur travail d'empoisonnement et de décomposition dont les adversaires de la République minaient le régime depuis trente ans. Il apparaît aujourd'hui à tous les yeux que la France, la dernière des grandes nations catholiques restée debout et puissante, a été choisie par le catholicisme, je dirai mieux par le papisme, pour restaurer le pouvoir défaillant de Rome; et c'est ainsi qu'un envahissement sourd s'est fait, que les jésuites, sans parler des autres instruments religieux, se sont emparés de la jeunesse, avec une adresse incomparable; si bien qu'un beau matin, la France de Voltaire, la France qui n'est pourtant

192

pas encore retournée avec les curés, s'est réveillée cléricale, aux mains d'une administration, d'une magistrature, d'une haute armée qui prend son mot d'ordre à Rome. Les apparences illusoires sont tombées d'un seul coup, on s'est aperçu que nous n'avions de la République que l'étiquette, on a senti que nous marchions sur un terrain miné de toutes parts, où cent années de conquêtes démocratiques allaient s'effondrer.

La France était sur le point d'appartenir à la réaction, voilà le cri, voilà la terreur. Cela explique toute la déchéance morale où la lâcheté des Chambres et du gouvernement nous laisse glisser peu à peu. Dès qu'une Chambre, dès qu'un gouvernement redoute d'agir, dans la crainte de n'être plus avec les maîtres de demain, la chute est prompte et fatale. Imaginez-vous les hommes au pouvoir s'apercevant qu'ils n'ont plus dans la main aucun des rouages nécessaires, ni des fonctionnaires obéissants, ni des militaires scrupuleux de la discipline, ni des magistrats intègres. Comment poursuivre le général Mercier, menteur et faussaire, quand tous les généraux se solidarisent avec lui? Comment déférer les vrais coupables aux tribunaux, lorsqu'on sait qu'il y a des magistrats pour les absoudre? Comment gouverner enfin avec honnêteté, lorsque pas un fonctionnaire n'exécutera honnêtement les ordres? Il faudrait au pouvoir, dans de telles circonstances, un héros, un grand homme d'Etat, résolu à sauver son pays, même par l'action révolutionnaire. Et, comme de tels hommes manquent pour l'instant, nous avons vu la débandade de nos ministres, impuissants et maladroits, quand ils n'étaient pas complices et canailles, culbutés les uns sur les autres, sous les coups des Chambres affolées, en proie

193

aux factions, tombées à l'ignominie de l'égoïsme étroit et des questions personnelles.

Mais ce n'est pas tout, le plus grave et le plus douloureux est qu'on a laissé empoisonner le pays par une presse immonde, qui l'a gorgé avec impudence de mensonges, de calomnies, d'ordures et d'outrages, jusqu'à le rendre fou. L'antisémitisme n'a été que l'exploitation grossière de haines ancestrales, pour réveiller les passions religieuses chez un peuple d'incroyants qui n'allait plus à l'église. Le nationalisme n'a été que l'exploitation tout aussi grossière du noble amour de la patrie, tactique d'abominable politique qui mènera droit le pays à la guerre civile, le jour où l'on aura convaincu une moitié des Français que l'autre moitié les trahit et les vend à l'étranger, du moment qu'elle pense autrement. Et c'est ainsi que des majorités ont pu se faire, qui ont professé que le vrai était le faux, que le juste était l'injuste, qui même n'ont rien voulu entendre, condamnant un homme parce qu'il était juif, poursuivant de cris de mort les prétendus traîtres dont l'unique passion était de sauver l'honneur de la France, dans le désastre de la raison nationale.

Dès ce moment, dès qu'on a pu croire que le pays lui-même passait à la réaction, dans son coup de folie morbide, c'en a été fait du peu de bravoure des Chambres et du gouvernement. Se mettre contre les majorités possibles, y pense-t-on! Le suffrage universel, qui paraît si juste, si logique, a cette tare affreuse que tout élu du peuple n'est plus que le candidat de demain, esclave du peuple, dans son âpre besoin d'être réélu; de sorte que, lorsque le peuple devient fou, en une de ces crises dont nous avons un exemple, l'élu est à la merci de ce fou, il dit comme lui, s'il n'a pas le cœur de penser et d'agir en homme libre. Et voilà donc à quel douloureux spectacle nous assistons depuis trois ans: un Parlement qui ne sait comment user de son mandat, dans la crainte de le perdre, un gouvernement qui, après avoir laissé tomber la France aux mains des réacteurs, des empoisonneurs publics, tremble à chaque heure d'être renversé, fait les pires concessions aux ennemis du régime qu'il représente, pour en être simplement le maître quelques jours de plus.

N'est-ce pas ces raisons, Messieurs les Sénateurs, qui vont vous décider à cette concession nouvelle d'une amnistie dont le résultat sera de soustraire au châtiment les hauts coupables, que pas un ministère n'a osé poursuivre? Vous pensez vous sauver vous-mêmes, en disant qu'il faut bien sauver le gouvernement de l'embarras mortel où il s'est enlisé par ses continuelles faiblesses. Si un homme d'Etat, énergique, simplement honnête, avait mis la main au collet du général Mercier, dès son premier crime, tout serait depuis longtemps rentré dans l'ordre. Mais, à chaque recul nouveau de la justice, l'audace des criminels a naturellement grandi; et il est très vrai que le tas des abominations a grossi si démesurément qu'il faudrait à cette heure un beau courage pour liquider l'Affaire, selon la justice, au mieux des intérêts de la France. Personne n'a ce courage, tous frissonnent à l'idée de s'exposer au flot d'injures des antisémites et des nationalistes, tous ménagent la folie où le poison a jeté certaines majorités d'électeurs, de sorte que vous voilà acculés à une lâcheté encore, à une faute suprême qui achèvera de livrer le pays à la réaction, de plus en plus triomphante et audacieuse.

Pourtant, n'avez-vous pas conscience que c'est une singulière opération que d'enterrer les questions gênantes, avec l'idée enfantine qu'on les supprime? Voici trois ans que j'entends répéter par les hommes politiques qu'il n'y a pas ou qu'il n'y a plus d'affaire Dreyfus, lorsqu'ils ont un intérêt à le croire. Et l'affaire Dreyfus n'en suit pas moins son développement logique, car il est certain qu'elle finira seulement lorsqu'elle sera finie. Aucune puissance humaine ne peut arrêter la vérité en marche. Aujourd'hui que souffle une nouvelle panique, vous voilà terrifiés, bien résolus de nouveau à décréter qu'il n'y a plus d'affaire Dreyfus, que jamais plus il n'y en aura. Vous espérez, en creusant davantage le trou dans lequel vous l'enfouissez, et en jetant la loi d'amnistie par-dessus, que désormais elle ne ressuscitera pas. Vains efforts, elle reviendra comme un spectre, comme une âme en peine, tant que justice ne sera pas faite. Il n'est de repos, pour un peuple, que dans la vérité et l'équité.

Et le pis est que vous êtes peut-être de bonne foi, lorsque vous vous imaginez que, grâce à cet étranglement de toute justice, vous allez faire de l'apaisement. C'est pour l'apaisement tant désiré que vous sacrifiez, sur l'autel de la patrie, vos consciences de législateurs honnêtes. Ah! pauvres naïfs, ou simples égoïstes maladroits, qui vont une fois de plus se déshonorer en pure perte! Il est beau, l'apaisement, depuis qu'on livre, membre à membre, la République à ses ennemis, pour obtenir leur silence. Ils crient plus fort, ils redoublent d'injures, à chaque satisfaction qu'on leur donne. Cette loi d'amnistie que vous faites pour eux, pour sauver leurs chefs du bagne, ils hurlent que c'est nous qui vous l'arrachons. Vous êtes des traîtres, les ministres sont des traîtres, le président de la République est un traître.

Et, lorsque vous aurez voté la loi, vous aurez fait œuvre de traîtres, pour sauver des traîtres. Ce sera l'apaisement, je vous attends à ce lendemain de l'amnistie, sous le flot de boue dont on vous couvrira, aux applaudissements des cannibales qui danseront la danse du massacre.

Ne voyez-vous pas, n'entendez-vous pas? Depuis qu'il est convenu qu'on se taira, qu'on ne parlera plus de l'Affaire pendant la trêve de l'Exposition, qui donc en parle toujours? Qui a violenté Paris, aux dernières élections municipales, en reprenant la campagne de mensonges et d'outrages? Qui mêle de nouveau l'armée à ces hontes, qui continue à colporter des dossiers secrets, pour tenter de renverser le ministère? L'affaire Dreyfus est devenue le spectre rouge des nationalistes et des antisémites. Ils ne peuvent régner sans elle, ils ont un continuel besoin d'elle pour dominer le pays par la terreur. Comme autrefois les ministres de l'Empire obtenaient tout du Corps législatif en agitant le spectre rouge, ils n'ont qu'à brandir l'Affaire, pour hébéter les pauvres gens dont ils ont détraqué la cervelle. Et, encore une fois, voilà l'apaisement: votre amnistie ne sera qu'une arme nouvelle aux mains de la faction qui a exploité l'Affaire pour que la France républicaine en crevât, et qui continuera à l'exploiter d'autant plus que votre amnistie va donner force de loi à l'équivoque, sans que la nation puisse désormais savoir de quel côté étaient la vérité et la justice.

Dans ce grave péril, il n'y avait qu'une chose à faire, accepter la lutte contre toutes les forces du passé coalisées, refaire l'administration, refaire la magistrature, refaire le haut commandement, puisque tout cela apparaissait dans sa pourriture cléricale. Eclairer le pays par des actes, dire toute la vérité, rendre toute la justice. Profiter de la prodigieuse leçon de choses qui se déroulait, pour faire avancer le peuple, en trois ans, du pas gigantesque qu'il mettra cent ans peut-être à franchir. Accepter du moins la bataille, au nom de l'avenir, et en tirer pour notre grandeur future toute la victoire possible. Aujourd'hui encore, bien que tant de lâchetés aient rendu la besogne presque impossible, il n'y a toujours qu'une chose à faire, revenir à la vérité, revenir à la justice, dans la certitude qu'en dehors d'elles il n'y a pour un pays que déchéance et que mort prochaine.

Mon cher et grand Labori, qu'on a réduit au silence, en une de ces heures lâches dont j'ai parlé, a eu cependant l'occasion de le dire avec son éloquence superbe, dans une circonstance récente. Puisque le gouvernement, puisque les hommes politiques n'ont cessé d'intervenir dans l'Affaire, de la soustraire aux tribunaux qui seuls, devaient la résoudre, ce sont les hommes politiques, c'est vous, Messieurs les Sénateurs, qui avez la charge de la finir, pour la plus grande paix et le plus grand bien de la nation. Et je vous répète que, si vous comptez que votre misérable loi d'amnistie atteindra ce résultat, vous aggraverez vos fautes anciennes d'une faute dernière, d'une erreur qui peut être mortelle et qui pèsera lourdement sur vos mémoires.

Un de mes étonnements, Messieurs les Sénateurs, est qu'on nous accuse de vouloir recommencer l'affaire Dreyfus. Je ne comprends pas. Il y a eu une affaire Dreyfus, un innocent torturé par des bourreaux qui savaient son innocence, et cette affaire-là, grâce à nous, est finie, relativement à la victime elle-même, que les bourreaux ont dû rendre à sa famille. Le monde entier sait aujourd'hui la vérité, nos pires adversaires ne l'ignorent pas, la confessent, les portes closes. La réhabilitation ne sera guère qu'une formule juridique, lorsque l'heure viendra, de sorte que Dreyfus n'a plus même besoin de nous puisqu'il est libre et qu'il a autour de lui, pour l'aider, l'admirable et vaillante famille qui n'a jamais douté de son honneur et de sa délivrance.

Alors, pourquoi recommencerions-nous l'affaire Dreyfus? Outre que cela n'aurait aucun sens, cela serait sans profit pour personne. Ce que nous voulons, c'est que l'affaire Dreyfus finisse par l'unique dénouement qui puisse rendre la force et le calme au pays, c'est que les coupables soient frappés, non pour nous réjouir de leur châtiment, mais pour que le peuple sache enfin et que la justice fasse l'apaisement, le seul véritable et solide. Nous croyons que le salut de la France est dans la victoire des forces de demain contre les forces d'hier, des hommes de vérité contre les hommes d'autorité. Et c'est pourquoi nous ne pouvons admettre que l'affaire Dreyfus n'ait pas comme conclusion la justice pour tous et qu'on n'en tire pas les leçons qui aideraient à fonder demain définitivement la République, si on réalisait toutes les réformes dont elles ont montré la nécessité impérieuse.

Encore un coup, ce n'est pas nous qui recommençons l'affaire Dreyfus, qui l'utilisons pour nos besoins électoraux, qui en rebattons les oreilles de la foule afin de l'étourdir. Nous ne réclamons que nos juges naturels, nous mettons dans la justice pour tous l'espoir qu'elle fera promptement la vérité et qu'elle pacifiera ainsi la nation. On dit que l'Affaire a fait beaucoup de mal à la France.

c'est un lieu commun que des ministres eux-mêmes emploient, quand ils veulent enlever des votes. A quelle France l'Affaire a-t-elle fait tant de mal? Si c'est à la France d'hier, tant mieux! Et il est certain, en effet, que toutes les vieilles institutions en sont disloquées, qu'elle a fait apparaître l'irrémédiable pourriture du vieil édifice social, si bien qu'il ne reste guère qu'à le jeter bas. Mais pourquoi m'affligerais-je de ce mal qu'elle a fait au passé, si elle a servi l'avenir, si elle a travaillé à la propreté, à la santé de la France de demain? Jamais fièvre n'aura plus nettement fait monter à la peau la maladie qu'il faut guérir. Et ce n'est pas l'affaire Dreyfus que nous voulons reprendre, nous ne voulons plus que soigner et guérir la maladie dont elle a servi à nous montrer la virulence.

Mais il est encore un but plus grave, une pressante nécessité qui me hante. L'amnistie qui enterre, l'amnistie qui prétend tout finir dans le mensonge et l'équivoque, a pour terrible conséquence de nous laisser à la merci d'une divulgation publique de l'Allemagne. J'ai déjà fait plusieurs fois allusion à cette effroyable situation, qui devrait angoisser les véritables patriotes, troubler leurs nuits, leur faire exiger la liquidation complète et définitive de l'affaire Dreyfus, comme une mesure de salut public, dont l'honneur et la vie même de la France dépendent. Et, puisque aujourd'hui il faut enfin parler haut et clair, je parlerai.

Personne n'ignore que les nombreux documents fournis par Esterhazy à l'attaché militaire allemand, M. de Schwartzkoppen, sont au Ministère de la guerre, à Berlin. Il y a là des pièces de toutes sortes, des notes, des lettres, entre autres, dit-on, toute une série de lettres dans lesquelles Esterhazy juge ses chefs, donne des détails sur leur vie privée, peu édifiants. D'autres bordereaux s'y trouvent, je veux dire d'autres énumérations de documents offerts et livrés, dont le moindre prouve sans discussion possible l'innocence de Dreyfus et la culpabilité de l'homme que deux de nos conseils de guerre ont innocenté, malgré l'évidence éclatante de son crime. Eh bien! j'admets qu'une guerre éclate demain entre la France et l'Allemagne, et nous voilà sous l'épouvantable menace: avant même qu'on ait tiré un coup de fusil, avant qu'une bataille soit livrée, l'Allemagne publie en une brochure le dossier Esterhazy; et je dis que la bataille est perdue, que nous sommes battus devant le monde entier, sans même avoir pu nous défendre. Notre armée est atteinte dans le respect et dans la foi qu'elle doit à ses chefs, trois de nos conseils de guerre sont convaincus d'iniquité et de cruauté, toute la monstrueuse aventure crie notre déchéance sous le soleil, et la patrie croule, nous ne sommes plus qu'une nation de menteurs et de faussaires.

J'en ai eu souvent le mortel frisson. Comment un gouvernement qui sait peut-il accepter une minute de vivre sous une menace pareille? Comment peut-il parler de faire le silence, de rester dans le péril où nous sommes, sous le prétexte que le pays veut être apaisé? Cela passe l'entendement, et je dis même que c'est trahir la patrie que de ne pas immédiatement faire la lumière par tous les moyens possibles, sans attendre que cette lumière vienne de l'étranger, dans quelque coup de foudre. Le jour où l'innocent sera réhabilité, le jour où les vrais coupables seront frappés, ce jour-là seulement on aura brisé dans la main de l'Allemagne l'arme qu'elle a contre nous, car la France, d'elle-même, aura reconnu et réparé son erreur.

Et l'amnistie vient fermer ainsi une des dernières portes ouvertes à la vérité. Je n'ai cessé de le répéter, on n'a pas voulu entendre le seul témoin qui, d'un mot, peut faire la lumière, M. de Schwartzkoppen. Devant la Cour d'assises de Versailles, ce serait mon témoin, celui dont je demanderais l'audition par commission rogatoire, celui qui ne pourrait se refuser à dire enfin la vérité entière et à l'appuyer sur les documents qu'il a eus entre les mains. La solution souveraine est là, elle n'est pas ailleurs. Elle viendra de là tôt ou tard, et c'est folie à nous de ne pas la provoquer, pour en avoir l'honneur, au lieu d'attendre qu'on nous la jette à la face, en quelque circonstance tragique.

Ma stupeur a été grande, le jour où je me suis présenté devant votre commission, lorsque le président m'a demandé, de la part du président du Conseil des ministres, si j'étais en possession d'un fait nouveau, pour le produire à Versailles. Cela voulait dire que, si je n'avais pas la vérité dans ma poche, comme j'y ai mon mouchoir, je n'avais qu'à me laisser amnistier, sans tant de protestations. Une telle question m'a étonné, de la part du président du Conseil, qui sait très bien qu'on ne porte pas ainsi la vérité sur soi, et que les procès sont précisément faits pour la faire jaillir des interrogatoires, des témoignages et des plaidoiries. Mais, surtout, l'ironie d'une telle demande, adressée à moi, devenait extraordinaire, lorsqu'on se souvenait de tout ce qui a été fait pour me fermer la bouche, pour m'empêcher d'établir cette vérité dont on se préoccupait maintenant de constater la présence dans ma poche. J'ai répondu au président de votre commission que j'étais en possession du fait nouveau, que si je n'avais pas la vérité sur moi, je savais parfaitement où la trouver, et que je priais simplement le président du Conseil d'inviter le garde des sceaux à conseiller au président des assises, à Versailles, de ne pas arrêter en chemin ma commission rogatoire, lorsque je lui demanderais de faire interroger M. de Schwartzkoppen. Et l'affaire Dreyfus finirait, la France serait sauvée de la plus redoutable des catastrophes.

Votez donc la loi d'amnistie, Messieurs les Sénateurs, achevez l'étranglement, dites avec le président Delegorgue que la question ne sera pas posée, serrez la vis à Labori avec le premier président Périvier; et, si la France un jour est déshonorée devant le monde entier, ce sera votre œuvre.

Je n'ai pas, Messieurs les Sénateurs, la naïveté de croire que cette lettre vous ébranlera, même un instant, dans le parti formel où je vous soupçonne de voter la loi d'amnistie. Votre vote est facile à prévoir, car il sera fait de votre longue faiblesse et de votre longue impuissance. Vous vous imaginez que vous ne pouvez pas faire autrement, parce que vous n'avez pas le courage de faire autrement.

J'écris simplement cette lettre pour le grand honneur de l'avoir écrite. Je fais mon devoir, et je doute que vous fassiez le vôtre. La loi de dessaisissement a été un crime juridique, la loi d'amnistie va être une trahison civique, l'abandon de la République aux mains de ses pires ennemis.

Votez-la, vous en serez punis avant peu, et elle sera plus tard votre honte.

LETTRE À M. ÉMILE LOUBET

Président de la République

Ces pages ont paru dans l'*Aurore*, le 22 décembre 1900.

Encore sept mois, entre l'article précédent et celui-ci. L'Exposition universelle avait fermé ses portes le 12 novembre, et il fallait en finir, achever d'étrangler la vérité et la justice. C'est ce qu'on a fait. Mon procès de Versailles ne viendra plus, on m'a privé du droit absolu que j'avais d'en appeler d'une condamnation par défaut. Brutalement, on a supprimé la vérité que j'aurais pu faire, la justice que je me serais fait rendre. De même, voilà les trois experts, les sieurs Belhomme, Varinard et Couard, qui galopent, avec les trente mille francs dans leurs poches; et il faudra tout recommencer devant la justice civile. Je constate simplement, je ne me plains pas, car mon œuvre est quand même faite. — Pour mémoire, j'ajoute qu'aujourd'hui encore, février 1901, je suis suspendu de mon grade d'officier, dans l'ordre de la Légion d'honneur.

Monsieur le Président,

Il y aura bientôt trois ans, le 13 janvier 1898, j'adressai à votre prédécesseur, M. Félix Faure, une lettre, dont il ne tint pas compte, malheureusement pour son bon renom. Maintenant qu'il est couché dans la mort, sa mémoire reste obscurcie par l'iniquité monstrueuse que je lui dénonçais, et dont il s'est rendu le complice, en employant à couvrir les coupables toute la puissance que lui donnait sa haute magistrature.

Et vous voici à sa place, et voici que l'Affaire abominable, après avoir sali tous les gouvernements complices ou lâches qui se sont succédé, s'achève pour une heure dans un suprême déni de justice, cette amnistie que viennent de voter les Chambres, sous le couteau, et qui portera dans l'Histoire le nom d'amnistie scélérate. Après les autres, votre gouvernement culbute à la faute commune, en acceptant la plus lourde des responsabilités. Et, soyez-en certain, c'est une page de votre vie qu'on est en train de salir, c'est votre magistrature qui court le risque de rejoindre la précédente, souillée elle aussi de la tache ineffaçable.

Permettez-moi donc, Monsieur le Président, de vous dire

toute mon angoisse. Au lendemain de l'amnistie, je conclurai par cette lettre, puisqu'une première lettre de moi a été une des causes de cette amnistie. On ne me reprochera pourtant pas d'être bavard. Le 18 juillet 1898, je partais pour l'Angleterre, d'où je ne suis revenu que le 5 juin 1899 et, pendant ces onze mois, je me suis tu. Je n'ai parlé de nouveau qu'après le procès de Rennes, en septembre 1899. Puis, je suis retombé dans le plus complet silence, je ne l'ai rompu qu'une fois, en mai dernier, pour protester contre l'amnistie devant le Sénat. Voici plus de dix-huit mois que j'attends la justice, assigné tous les trois mois et renvoyé tous les trois mois à la session prochaine. Et j'ai trouvé cela lamentable et comique. Aujourd'hui, au lieu de la justice, c'est cette amnistie scélérate et outrageante qui vient. J'estime donc que le bon citoyen que j'ai été, le silencieux qui n'a pas voulu être un embarras ni un sujet de trouble, dans la grande patience qu'il a mise à compter sur la justice si lente, a aujourd'hui le droit, le devoir de parler.

Je le répète, je dois conclure. Une première période de l'Affaire se termine en ce moment, ce que j'appellerai tout le crime. Et il faut bien que je dise où nous en sommes, quelle a été notre œuvre et quelle est notre certitude pour demain, avant de rentrer de nouveau dans le silence.

Je n'ai pas besoin de remonter aux premières abominations de l'Affaire, il me suffit de la reprendre au lendemain de l'effroyable arrêt de Rennes, cette provocation d'iniquité insolente dont le monde entier a frémi. Et c'est ici, Monsieur le Président, que commence la faute de votre gouvernement, et par conséquent la vôtre.

Un jour, j'en suis sûr, on racontera, avec les documents à l'appui, ce qui s'est passé à Rennes, je veux dire la façon dont votre gouvernement s'est laissé tromper et a cru devoir nous trahir ensuite. Les ministres étaient convaincus de l'acquittement de Dreyfus. Comment en auraient-ils pu douter, lorsque la Cour de cassation croyait avoir enfermé le conseil de guerre dans les termes d'un arrêt si net, que l'innocence s'imposait sans débats? Comment se seraient-ils inquiétés le moins du monde, lorsque leurs subordonnés, intermédiaires, témoins, acteurs même dans le drame, leur promettaient la majorité, sinon l'unanimité? Et ils souriaient de nos craintes, ils laissaient tranquillement le tribunal en proie à la collusion, aux faux témoignages, aux manœuvres flagrantes de pression et d'intimidation, ils poussaient leur aveugle confiance jusqu'à vous compromettre, Monsieur le Président, en ne pas vous avertissant, car je veux croire que le moindre doute vous aurait empêché de prendre, dans votre discours de Rambouillet, l'engagement de vous incliner devant l'arrêt, quel qu'il fût. Est-ce donc gouverner que de ne pas prévoir? Voilà un ministère nommé pour assurer le bon fonctionnement de la justice, pour veiller à l'exécution honnête d'un arrêt de la Cour de cassation. Il n'ignore pas quel danger court cet arrêt dans des mains passionnées, que toutes sortes de fièvres mauvaises ont rendues peu scrupuleuses. Et il ne fait rien, il se complaît dans son optimisme, il laisse le crime s'accomplir en plein jour! Je consens à ce que ces ministres-là aient alors voulu la justice, mais qu'auraient-ils donc fait, je le demande, s'ils ne l'avaient pas voulue?

Puis, la condamnation éclate, cette monstruosité inconnue jusqu'alors d'un innocent condamné deux fois. A

Rennes, après l'enquête de la Cour de cassation, l'innocence était éclatante, ne pouvait faire de doute pour
personne. Et c'est la foudre, l'horreur a passé sur la France
et sur tous les peuples. Que va faire le gouvernement,
trahi, dupé, provoqué, dont l'incompréhensible abandon
aboutissait à un tel désastre? Je veux bien encore que le
coup qui a retenti si douloureusement chez tous les justes,
ait alors bouleversé vos ministres, ceux qui s'étaient
chargés d'assurer le triomphe du droit. Mais que vont-ils
faire, quels vont être leurs actes, au lendemain de cet
écroulement de leurs certitudes, lorsqu'ils ont vu qu'au
lieu d'avoir été des artisans de vérité et d'équité, ils ont
causé par leur maladresse ou leur insouciance une débâcle
morale dont la France mettra longtemps à se relever? Et
c'est ici, Monsieur le Président, que commence la faute de
votre gouvernement, et de vous-même, c'est ici que nous
nous sommes séparés de vous, dans une divergence d'opinions et de sentiments qui n'a cessé de croître.

Pour nous, l'hésitation était impossible, il n'y avait
qu'un moyen d'opérer la France du mal qui la rongeait, si
l'on voulait la guérir, lui rendre la véritable paix; car il
n'est d'apaisement que dans la tranquillité de la conscience, il n'y aura pas de santé pour nous, tant que nous
sentirons en nous le poison de l'injustice commise. Il
fallait trouver le moyen de saisir de nouveau, immédiatement, la Cour de cassation; et qu'on ne dise pas que cela
était impossible, le gouvernement avait en main les faits
nécessaires, même en dehors de la question d'abus de
pouvoir. Il fallait liquider tous les procès en cours, laisser
la justice faire son œuvre, sans qu'un seul des coupables
pût lui échapper. Il fallait nettoyer l'ulcère à fond, donner

à notre peuple cette haute leçon de vérité et d'équité, rétablir dans son honneur la personne morale de la France devant le monde. Ce jour-là seulement, on aurait pu dire que la France était guérie et apaisée.

Et c'est alors que votre gouvernement a pris l'autre parti, la résolution d'étouffer une fois de plus la vérité, de l'enterrer, en pensant qu'il suffisait de la mettre en terre pour qu'elle ne fût plus. Dans l'effarement où l'avait jeté la seconde condamnation de l'innocent, il n'a imaginé que la double mesure de gracier d'abord ce dernier, puis de faire le silence sous le bâillon d'une loi d'amnistie. Les deux mesures se tiennent, se complètent, sont le replâtrage d'un ministère aux abois qui a manqué à sa mission et qui, pour se tirer d'affaire, ne trouve rien de mieux que de se réfugier dans la raison d'Etat. Il a voulu, Monsieur le Président, vous couvrir, du moment qu'il avait eu le tort de vous laisser vous engager. Il a voulu se sauver lui-même, en croyant peut-être qu'il prenait le seul parti pratique pour sauver la République menacée.

La grande faute a donc été commise ce jour-là, lorsqu'une occasion dernière se présentait d'agir, de remettre la patrie en sa dignité et en sa force. Ensuite, je le veux bien, à mesure que les mois se sont écoulés, le salut est devenu de plus en plus difficile. Le gouvernement s'est laissé acculer dans une situation sans issue, et quand il est venu dire devant les Chambres qu'il ne pouvait plus gouverner, si on lui refusait l'amnistie, il avait sans doute raison; mais n'était-ce pas lui qui avait rendu l'amnistie nécessaire, en désarmant la justice, lorsqu'elle était possible encore? Choisi pour tout sauver, il n'a en somme abouti qu'à laisser tout crouler, dans la pire des catastrophes.

Et, quand il s'est agi de trouver la réparation suprême, il n'a rien imaginé de mieux que de finir par où avaient commencé les gouvernements de M. Méline et de M. Dupuy, l'étranglement de la vérité, l'assassinat de la justice.

N'est-ce pas la honte de la France que pas un de ses hommes politiques ne se soit senti assez fort, assez intelligent, assez brave, pour être l'homme de la situation, celui qui lui aurait crié la vérité, et qu'elle aurait suivi? Depuis trois ans, les hommes se sont succédé au pouvoir, et nous les avons tous vus chanceler, puis s'abattre dans la même erreur. Je ne parle pas de M. Méline, l'homme néfaste qui a voulu tout le crime, ni de M. Dupuy, l'homme équivoque acquis d'avance au parti des plus forts. Mais voilà M. Brisson, qui a osé vouloir la révision: n'est-ce pas une grande douleur, la faute irréparable où il est tombé en permettant l'arrestation du colonel Picquart, au lendemain de la découverte du faux Henry? Et voilà M. Waldeck-Rousseau, dont le courageux discours contre la loi de dessaisissement avait retenti si noblement au fond de toutes les consciences: n'est-ce pas un désastre, l'obligation où il s'est cru d'attacher son nom à cette amnistie, qui dessaisit la justice, avec plus de brutalité, encore? Nous nous demandons si un ennemi ne nous aurait pas mieux servis au ministère, puisque les amis de la vérité et de la justice, dès qu'ils sont au pouvoir, ne trouvent plus d'autres moyens que de sauver eux aussi le pays par le mensonge et par l'iniquité.

Car, Monsieur le Président, si la loi d'amnistie a été votée par les Chambres, la mort dans l'âme, il est entendu que c'est pour assurer le salut du pays. Dans l'impasse où il s'est mis, votre gouvernement a dû choisir le terrain de la défense républicaine, dont il a senti la solidité. L'affaire Dreyfus a justement montré les périls que la République courait, sous le double complot du cléricalisme et du militarisme, agissant au nom de toutes les forces réactionnaires du passé. Et, dès lors, le plan politique du ministère est simple: se débarrasser de l'affaire Dreyfus en l'étouffant, faire entendre à la majorité que, si elle n'obéit pas docilement, elle n'aura pas les réformes promises. Cela serait très bien, si pour sauver le pays du poison clérical et militariste, il ne fallait pas commencer par le laisser dans cet autre poison du mensonge et de l'iniquité, où nous le voyons agoniser depuis trois ans.

Sans doute le terrain de l'affaire Dreyfus est un terrain politique détestable. Il l'est devenu, du moins, par l'abandon où l'on a laissé le peuple, aux mains des pires bandits, dans la pourriture de la presse immonde. Et j'accorde encore une fois qu'à l'heure actuelle l'action devient difficile, presque impossible. Mais ce n'en est pas moins une conception à bien courte vue, cette idée qu'on sauve un peuple d'un mal dont il est rongé, en décrétant que ce mal n'existe plus. L'amnistie est faite, les procès n'auront pas lieu, on ne peut plus poursuivre les coupables: cela n'empêche pas que Dreyfus innocent a été condamné deux fois, et que cette iniquité affreuse, tant qu'elle ne sera pas réparée, continuera à faire délirer la France dans d'horribles cauchemars. Vous avez beau enterrer la vérité, elle chemine sous terre, elle repoussera un jour de partout, elle éclatera en végétations vengeresses. Et ce qui est pis encore, c'est que vous aidez à la démoralisation des petits, en obscurcissant chez eux le sentiment du juste. Du moment qu'il n'y a pas de punis, il n'y a pas de coupables. Comment voulez-vous que les petits sachent, eux qui sont en proie aux mensonges corrupteurs dont on les a nourris? Il fallait une leçon au peuple, et vous enténébrez sa conscience, vous achevez de la pervertir.

Tout est là, le gouvernement affirme qu'il fait l'apaisement par sa loi d'amnistie, et nous prétendons, nous autres, qu'il court, au contraire, le risque de préparer des catastrophes nouvelles. Encore un coup, il n'est pas de paix dans l'iniquité. La politique vit au jour le jour, croit à une éternité, quand elle a gagné six mois de silence. Il est possible que le gouvernement goûte quelque repos, et j'accorde même qu'il les emploiera utilement. Mais la vérité se réveillera, clamera, déchaînera des orages. D'où viendront-ils? je l'ignore; mais ils viendront. Et de quelle impuissance seront frappés les hommes qui n'ont pas voulu agir, de quel poids les écrasera cette amnistie scélérate, où ils ont mis à la pelle les honnêtes gens et les coquins! Quand le pays saura, quand le pays soulevé voudra rendre justice, sa colère ne tombera-t-elle pas d'abord sur ceux qui ne l'ont pas éclairé, lorsqu'ils pouvaient le faire?

Mon cher et grand ami Labori l'a dit avec sa superbe éloquence: la loi d'amnistie est une loi de faiblesse, d'impuissance. La lâcheté des gouvernements successifs s'y est comme accumulée, cette loi s'est faite de toutes les défaillances des hommes qui, mis en face d'une injustice exécrable, ne se sont senti la force ni de l'empêcher, ni de la réparer. Devant la nécessité de frapper haut, tous ont fléchi, tous ont reculé. Au dernier jour, après tant de crimes, ce n'est pas l'oubli, ce n'est pas le pardon qu'on nous apporte, c'est la peur, la débilité, l'impuissance où se sont trouvés les ministres de faire simplement appliquer les lois existantes. On nous dit qu'on veut nous apaiser par des concessions mutuelles: ce n'est pas vrai, la vérité est qu'on n'a pas eu le courage de porter la hache dans la vieille société pourrie, et pour cacher ce recul, on parle de clémence, on renvoie dos à dos un Esterhazy, le traître, et un Picquart, le héros auquel l'avenir élèvera des statues. C'est une mauvaise action qui sera certainement punie, car elle ne blesse pas seulement la conscience, elle corrompt la moralité nationale.

Est-ce là une bonne éducation pour une République? Quelles leçons donnez-vous à notre démocratie, lorsque vous lui enseignez qu'il est des heures où la vérité, où la justice ne sont plus, si l'intérêt de l'Etat exige? C'est la raison d'Etat remise en honneur, par des hommes libres qui l'ont condamnée dans la Monarchie et dans l'Eglise. Il faut vraiment que la politique soit une bien grande pervertisseuse d'âmes. Dire que plusieurs de nos amis, plusieurs de ceux qui ont si vaillamment combattu, dès le premier jour, ont cédé au sophisme, en se ralliant à la loi d'amnistie, comme à une mesure politique nécessaire! Cela me fend le cœur, lorsque je vois un Ranc, si droit, si brave, prendre la défense de Picquart contre Picquart lui-même, en se montrant heureux que l'amnistie, qui l'empêchera de défendre son honneur, le sauve de la haine certaine d'un conseil de guerre. Et Jaurès, le noble, le généreux Jaurès, qui s'est dépensé si magnifiquement, en sacrifiant son siège de député, ce qui est beau, par ces temps de gloutonnerie électorale! Le voilà, lui aussi, qui accepte de nous voir amnistiés, Picquart et Esterhazy,

Reinach et du Paty de Clam, moi et le général Mercier, dans le même sac! L'absolue justice finit-elle donc où commence l'intérêt d'un parti? Ah! quelle douceur d'être un solitaire, de n'appartenir à aucune secte, de ne relever que de sa conscience et quelle aisance à suivre tout droit son chemin, en n'aimant que la vérité, en la voulant, lors même qu'elle ébranlerait la terre et qu'elle ferait tomber le ciel!

Aux jours d'espoir de l'affaire Dreyfus, Monsieur le Président, nous avions fait un beau rêve. Ne tenions-nous pas le cas unique, un crime où s'étaient engagées toutes les forces réactionnaires, toutes celles qui font obstacle au libre progrès de l'humanité? Jamais expérience plus décisive ne s'était présentée, jamais plus haute leçon de choses ne serait donnée au peuple. En quelques mois, nous éclairerions sa conscience, nous ferions plus, pour l'instruire et le mûrir, que n'avait fait un siècle de luttes politiques. Il suffisait de lui montrer à l'œuvre toutes les puissances néfastes, complices du plus exécrable des crimes, cet écrasement d'un innocent, dont les tortures sans nom arrachaient un cri de révolte à l'humanité entière.

Et, confiants dans la force de la vérité, nous attendions le triomphe. C'était une apothéose de la justice, le peuple éclairé se levant en masse, acclamant Dreyfus à sa rentrée en France, le pays retrouvant sa conscience, dressant un autel à l'équité, célébrant la fête du droit reconquis, glorieux et souverain. Et cela finissait par un baiser universel, tous les citoyens apaisés, unis dans cette communion de la solidarité humaine. Hélas! Monsieur le Président, vous savez ce qu'il est advenu, la victoire douteuse, la confusion pour chaque parcelle de vérité arrachée, l'idée de la justice obscurcie davantage dans la conscience du malheureux peuple. Il paraît que notre conception de la victoire était trop immédiate et trop grossière. Le train humain ne comporte pas ces triomphes éclatants qui relèvent une nation, la sacrent en un jour forte et toute-puissante. De pareilles évolutions ne se réalisent pas d'un coup, elles ne s'accomplissent que dans l'effort et la douleur. Jamais la lutte n'est finie, chaque pas en avant s'achète au prix d'une souffrance, ce sont les fils seuls qui peuvent constater les succès remportés par les pères. Et si, dans mon ardent amour de notre peuple de France, je ne me consolerai jamais de n'avoir pu tirer, pour son éducation civique, l'admirable leçon de choses que comportait l'affaire Dreyfus, je suis depuis longtemps résigné à voir la vérité ne le pénétrer que peu à peu, jusqu'au jour où il sera mûr pour son destin de liberté et de fraternité.

Nous n'avons jamais songé qu'à lui, tout de suite l'affaire Dreyfus s'est élargie, est devenue une affaire sociale, humaine. L'innocent qui souffrait à l'île du Diable n'était que l'accident, tout le peuple souffrait avec lui, sous l'écrasement des puissances mauvaises, dans le mépris impudent de la vérité et de la justice. Et, en le sauvant, nous sauvions tous les opprimés, tous les sacrifiés. Mais surtout, depuis que Dreyfus est libre, rendu à l'amour des siens, quels sont donc les coquins ou les imbéciles qui nous accusaient de vouloir reprendre l'affaire Dreyfus? Ce sont ceux-là qui, dans leurs louches tripotages politiques, ont forcé le gouvernement à exiger l'amnistie, en continuant à pourrir le pays de mensonges. Que Dreyfus cherche par tous les moyens légaux à faire réviser le jugement de Rennes, certes il le doit, et nous l'y aiderons de tout notre pouvoir, le jour où l'occasion se présentera. J'imagine même que la Cour de cassation sera heureuse d'avoir le dernier mot pour l'honneur de sa magistrature suprême. Seulement, il n'y aura là qu'une question judiciaire, aucun de nous n'a jamais eu la stupide pensée de reprendre ce qui a été l'affaire Dreyfus; et l'unique besogne désirable et possible est aujourd'hui de tirer de cette Affaire les conséquences politiques et sociales, la moisson de réformes dont elle a montré l'urgence. Ce sera là notre défense, en réponse aux accusations abominables dont on nous accable, et ce sera mieux encore notre victoire définitive.

Une expression me fâche, Monsieur le Président, chaque fois que je la rencontre, ce lieu commun qui consiste à dire que l'affaire Dreyfus a fait beaucoup de mal à la France. Je l'ai trouvée dans toutes les bouches, sous toutes les plumes, des amis à moi le disent couramment, et peut-être moi-même l'ai-je employée. Je ne sais pourtant pas d'expression plus fausse. Et je ne parle même pas de l'admirable spectacle que la France a donné au monde, cette lutte gigantesque pour une question de justice, ce conflit de toutes les forces actives au nom de l'idéal. Je ne parle pas non plus des résultats déjà obtenus, les bureaux de la Guerre nettoyés, tous les acteurs équivoques du drame balayés, la justice ayant fait un peu de son œuvre, malgré tout. Mais l'immense bien que l'affaire Dreyfus a fait à la France, n'est-ce pas d'avoir été l'accident putride, le bouton qui apparaît à la peau et qui décèle la pourriture intérieure? Il faut revenir à l'époque où le péril clérical faisait hausser les épaules, où il était élégant de plaisanter

M. Homais, voltairien attardé et ridicule. Toutes les forces réactionnaires avaient cheminé sous les pavés de notre grand Paris, minant la République, comptant bien s'emparer de la ville et de la France, le jour où les institutions actuelles crouleraient. Et voilà que l'affaire Dreyfus démasque tout, avant que l'étranglement soit prêt, voilà que les républicains finissent par s'apercevoir qu'on va leur confisquer leur République, s'ils n'y mettent bon ordre. Tout le mouvement de défense républicaine est né de là, et si la France est sauvée du long complot de la réaction, c'est à l'affaire Dreyfus qu'elle le devra.

Je souhaite que le gouvernement mène à bien cette tâche de défense républicaine qu'il vient d'invoquer, pour obtenir des Chambres le vote de sa loi d'amnistie. C'est le seul moyen dont il dispose pour être enfin brave et utile. Mais qu'il ne renie pas l'affaire Dreyfus, qu'il la reconnaisse comme le plus grand bien qui pouvait arriver à la France, et qu'il déclare avec nous que, sans l'affaire Dreyfus, la France serait sans doute aujourd'hui aux mains des réactionnaires.

Quant à la question qui m'est personnelle, Monsieur le Président, je ne récrimine pas. Voici quarante ans bientôt que je fais mon œuvre d'écrivain, sans m'inquiéter des condamnations ni des acquittements prononcés sur mes livres, laissant à l'avenir le soin de rendre le jugement définitif. Un procès resté en l'air n'est donc pas fait pour m'émouvoir beaucoup. C'est une affaire de plus que demain jugera. Et, si je regrette l'éclat de vérité désirable qu'un nouveau procès aurait pu faire jaillir, je me console en pensant que la vérité trouvera sûrement une voie pour jaillir quand même.

Je vous avoue pourtant que j'aurais été curieux de savoir ce qu'un nouveau jury aurait pensé de ma première condamnation, obtenue sous la menace des généraux, armés comme d'une massue du terrible faux Henry. Ce n'est pas qu'en un procès purement politique, j'aie grande confiance dans le jury, si facile à égarer, à terroriser. Mais, tout de même, c'était une leçon intéressante, ces débats qui reprenaient, lorsque l'enquête de la Cour de cassation avait fait la preuve de toutes les accusations portées par moi. Voyez-vous cela? un homme condamné sur la production d'un faux, et qui revient devant ses juges, lorsque le faux est reconnu, avoué! un homme qui en a accusé d'autres, sur des faits dont une enquête de la Cour suprême a désormais prouvé l'absolue vérité! J'aurais passé là quelques heures agréables, car un acquittement m'aurait fait plaisir; et, s'il y avait eu condamnation encore, la bêtise lâche ou la passion aveugle ont une beauté spéciale qui m'a toujours intéressé.

Mais il faut préciser un peu, Monsieur le Président. Je ne vous écris que pour terminer toute cette affaire, et il est bon que je reprenne devant vous les accusations que j'ai portées devant M. Félix Faure, pour bien établir définitivement qu'elles étaient justes, modérées, insuffisantes même, et que la loi de votre gouvernement n'amnistie en moi qu'un innocent.

J'ai accusé le lieutenant-colonel du Paty de Clam « d'avoir été l'ouvrier diabolique de l'erreur judiciaire, en inconscient, je veux le croire, et d'avoir ensuite défendu son œuvre néfaste, depuis trois ans, par les machinations les plus saugrenues et les plus coupables » — N'est-ce pas? c'est discret et courtois, pour qui a lu le rapport du terrible capitaine Cuignet, qui, lui, va jusqu'à l'accusation de faux.

J'ai accusé le général Mercier « de s'être rendu complice, tout au moins par faiblesse d'esprit, d'une des plus grandes iniquités du siècle ». — Ici, je fais amende honorable, je retire la faiblesse d'esprit. Mais, si le général Mercier n'a pas l'excuse d'une intelligence affaiblie, sa responsabilité est donc totale dans les actes à son compte que l'enquête de la Cour de cassation a établis, et que le Code qualifie de criminels.

J'ai accusé le général Billot « d'avoir eu entre les mains les preuves certaines de l'innocence de Dreyfus et de les avoir étouffées, de s'être rendu coupable de ce crime de lèse-humanité et de lèse-justice, dans un but politique et pour sauver l'état-major compromis ». — Tous les documents connus aujourd'hui établissent que le général Billot a été forcément au courant des manœuvres criminelles de ses subordonnés; et j'ajoute que c'est sur son ordre que le dossier secret de mon père a été livré à un journal immonde.

J'ai accusé le général de Boisdeffre et le général Gonse « de s'être rendus complices du même crime, l'un sans doute par passion cléricale, l'autre peut-être par cet esprit de corps qui fait des bureaux de la Guerre l'Arche sainte, inattaquable ». — Le général de Boisdeffre s'est jugé lui-même, le lendemain de la découverte du faux Henry, en donnant sa démission, en disparaissant de la scène du monde, chute tragique d'un homme élevé aux plus hauts grades, aux plus hautes fonctions, et qui tombe au néant. Et, quant au général Gonse, il est de ceux que l'amnistie sauve des plus lourdes responsabilités, nettement établies.

J'ai accusé le général de Pellieux et le commandant Ravary « d'avoir fait une enquête scélérate, j'entends par là une enquête de la plus monstrueuse partialité, dont nous avons, dans le rapport du second, un impérissable monument de naïve audace ». — Qu'on relise l'enquête de la Cour de cassation, et l'on y verra la collusion établie, prouvée, par les documents, par les témoignages les plus accablants. L'instruction de l'affaire Esterhazy ne fut qu'une impudente comédie judiciaire.

J'ai accusé les trois experts en écritures, les sieurs Belhomme, Varinard et Couard, « d'avoir fait des rapports mensongers et frauduleux, à moins qu'un examen médical ne les déclare atteints d'une maladie de la vue et du jugement ». — Je disais ceci devant l'extraordinaire affirmation de ces trois experts, qui prétendaient que le bordereau n'était pas de l'écriture d'Esterhazy, erreur que, selon moi, un enfant de dix ans n'aurait pas commise. On sait qu'Esterhazy lui-même reconnaît maintenant avoir écrit le bordereau. Et le président Ballot-Beaupré, dans son rapport, a déclaré solennellement que, pour lui, il n'y avait pas de doute possible.

J'ai accusé les bureaux de la Guerre « d'avoir mené dans la presse, particulièrement dans l'*Eclair* et dans l'*Echo de Paris,* une campagne abominable pour égarer l'opinion publique et pour couvrir leurs fautes ». — Je n'insiste pas, je pense que la preuve est faite par tout ce qu'on a su depuis et par tout ce que les coupables ont dû confesser eux-mêmes.

Enfin, j'ai accusé le premier conseil de guerre « d'avoir violé le droit, en condamnant un accusé sur une pièce restée secrète », et j'ai accusé le second conseil de guerre « d'avoir couvert cette illégalité, par ordre, en commettant à son tour le crime juridique d'acquitter sciemment un coupable ». — Pour le premier conseil de guerre. la production de la pièce secrète a été nettement établie par l'enquête de la Cour de cassation, et même au procès de Rennes. Pour le second conseil de guerre, l'enquête est également là, prouvant la collusion, la continuelle intervention du général de Pellieux, l'évidente pression sous laquelle l'acquittement a été obtenu, selon le désir des chefs.

Vous le voyez, Monsieur le Président, il n'est pas une de mes accusations que les fautes et les crimes découverts n'aient justifiée, et je répète que ces accusations semblent bien pâles, bien modestes aujourd'hui, devant l'effroyable amas des abominations commises. J'avoue que je n'aurais point osé en soupçonner moi-même un pareil entassement. Alors, je vous le demande, quel est le tribunal honnête, ou simplement raisonnable, qui se couvrirait d'opprobre en me condamnant encore, maintenant que la preuve de tout ce que j'ai avancé est faite au grand jour? Et ne trouvez-vous pas que la loi de votre gouvernement qui m'amnistie, moi innocent, dans le tas des coupables que j'ai dénoncés, est vraiment une loi scélérate?

C'est donc fini, Monsieur le Président, du moins pour le moment, pour cette première période de l'Affaire que l'amnistie vient forcément de clore.

On nous a bien promis, en dédommagement, la justice de l'Histoire. C'est un peu comme le paradis catholique, qui sert à faire patienter sur cette terre les misérables dupes que la faim étrangle. Souffrez, mes amis, mangez votre pain sec, couchez sur la dure, pendant que les heureux de ce monde dorment dans la plume et vivent de friandises. De même, laissez les scélérats tenir le haut du pavé, tandis que vous, les justes, on vous pousse au ruisseau. Et l'on ajoute que, lorsque nous serons tous morts, c'est nous qui aurons les statues. Pour moi, je veux bien, et j'espère même que la revanche de l'Histoire sera plus sérieuse que les délices du paradis. Un peu de justice sur cette terre m'aurait pourtant fait plaisir.

Ce n'est pas que je nous plaigne, je suis convaincu que nous tenons le bon bout, comme on dit. Le mensonge a ceci contre lui qu'il ne peut pas durer toujours, tandis que la vérité, qui est une, a l'éternité pour elle. Ainsi, Monsieur le Président, votre gouvernement déclare qu'il va faire la paix avec sa loi d'amnistie, et nous croyons, nous autres, qu'il prépare au contraire de nouvelles catastrophes. Un peu de patience, on verra bien qui a raison. Selon moi, je ne cesse de le répéter, l'Affaire ne peut pas finir, tant que la France ne saura pas et ne réparera pas l'injustice. J'ai dit que le quatrième acte avait été joué à Rennes, et qu'il y aurait forcément un cinquième acte. L'angoisse m'en reste au cœur, on oublie toujours que l'empereur allemand a la vérité en main, et qu'il peut nous la jeter à la face, quand sonnera l'heure qu'il a peut-être choisie. Ce serait l'effroyable cinquième acte, celui que j'ai toujours redouté et dont un Gouvernement français ne devrait pas accepter, pendant une heure, l'éventualité terrible.

On nous a promis l'Histoire, je vous y renvoie aussi, Monsieur le Président. Elle dira ce que vous aurez fait, vous y aurez votre page. Songez à ce pauvre Félix Faure, à ce tanneur déifié, si populaire à ses débuts, qui m'avait touché moi-même par sa bonhomie démocratique: il n'est plus à jamais que l'homme injuste et faible qui a permis

224

le martyre d'un innocent. Et voyez s'il ne vous plairait pas davantage d'être, sur le marbre, l'homme de la vérité et de la justice. Il est peut-être temps encore.

Moi, je ne suis qu'un poète, qu'un conteur solitaire qui fait dans un coin sa besogne, en s'y mettant tout entier. J'ai reconnu qu'un bon citoyen doit se contenter de donner à son pays le travail dont il s'acquitte le moins maladroitement; et c'est pourquoi je m'enferme dans mes livres. Je retourne donc simplement à eux, puisque la mission que je m'étais donnée est finie. J'ai rempli tout mon rôle, le plus honnêtement que j'ai pu, et je rentre définitivement dans le silence.

Seulement, je dois ajouter que mes oreilles et mes yeux vont rester grands ouverts. Je suis un peu comme sœur Anne, je m'inquiète jour et nuit de ce qui se passe à l'horizon, j'avoue même que j'ai la tenace espérance de voir bientôt beaucoup de vérité, beaucoup de justice, nous arriver des champs lointains où pousse l'avenir.

Et j'attends toujours.

Veuillez agréer, Monsieur le Président, l'assurance de mon profond respect.

LES ARTICLES DE ZOLA
RELATIFS À L'AFFAIRE DREYFUS
NON RÉUNIS
DANS « LA VÉRITÉ EN MARCHE »

Plusieurs lettres ou articles d'Emile Zola, publiés dans l'*Aurore*, n'ont pas été reproduits dans *La Vérité en Marche*. En voici les titres:

Réponse à l'Assignation. Lettre à M. le Ministre de la Guerre l'*Aurore*, 22 janvier 1898).

Une Nouvelle Ignominie (l'*Aurore*, 14 avril 1898). Protestation contre la nouvelle assignation à comparaître devant la Cour d'assises de Versailles. Celle-ci ne retenait plus que trois lignes de la lettre *J'accuse*, comme chef d'accusation, de manière à rendre impossible la défense.

I

RÉPONSE À L'ASSIGNATION

Lettre à M. le Ministre de la Guerre

En réponse à mes accusations contre vous, contre vos pairs et vos subordonnés, vous me faites citer à comparaître devant le jury de la Seine, le 7 février prochain.

Je serai au rendez-vous.

J'y serai pour un débat loyal, au grand jour.

Mais vous n'avez sans doute pas lu mon acte d'accusation, Monsieur le Ministre. Quelque scribe vous aura dit que j'avais seulement accusé le conseil de guerre « d'avoir rendu une sentence inique, d'avoir couvert une illégalité, par ordre, en commettant le crime juridique d'acquitter sciemment un coupable ».

Cette affirmation n'aurait pas suffi à mon besoin de justice. Si j'ai voulu la discussion en pleine lumière, c'est que j'ai désiré faire éclater aux yeux de la France entière la vérité, toute la vérité.

C'est pourquoi j'ai complété les accusations qu'il vous a plu de relever, aux termes de l'acte de l'huissier Dupuis, par d'autres accusations non moins formelles, non moins claires, non moins décisives.

J'ai dit:

J'accuse le lieutenant-colonel du Paty de Clam d'avoir été l'ouvrier diabolique de l'erreur judiciaire, en inconscient, je veux le croire, et d'avoir ensuite défendu son œuvre néfaste, depuis trois ans, par les machinations les plus saugrenues et les plus coupables.

J'ai dit:

J'accuse le général Mercier de s'être rendu complice, tout au moins par faiblesse d'esprit, d'une des plus grandes iniquités du siècle.

J'ai dit:

J'accuse le général Billot d'avoir eu entre les mains les preuves certaines de l'innocence de Dreyfus et de les avoir étouffées, de s'être rendu coupable de ce crime de lèse-humanité et de lèse-justice, dans un but politique et pour sauver l'état-major compromis.

J'ai dit:

J'accuse le général de Boisdeffre et le général Gonse de s'être rendus complices du même crime, l'un sans doute par passion cléricale, l'autre peut-être par cet esprit de corps qui fait des bureaux de la Guerre l'Arche sainte, inattaquable.

J'ai dit:

J'accuse le général de Pellieux et le commandant Ravary d'avoir fait une enquête scélérate, j'entends par là une enquête de la plus monstrueuse partialité, dont nous avons, dans le rapport du second, un impérissable monument de naïve audace.

J'ai dit:

J'accuse les trois experts en écritures, les sieurs Belhomme, Varinard et Couard, d'avoir fait des rapports mensongers et frauduleux, à moins qu'un examen médical ne les déclare atteints d'une maladie de la vue et du jugement.

J'ai dit:

J'accuse les bureaux de la Guerre d'avoir mené dans la presse, particulièrement dans l'*Eclair* et dans l'*Echo de Paris*, une campagne abominable, pour égarer l'opinion et couvrir leur faute.

Relisez ces textes, Monsieur le Ministre, et tout en pensant ce qu'il vous plaira de mon audace, reconnaissez que je n'ai péché ni par manque de précision ni par défaut de clarté.

Et, si vous êtes obligé de le reconnaître, et si, dans votre silence prudent, tout le monde doit avec moi le reconnaître, dites-moi pourquoi aujourd'hui, après cinq jours de méditations, de consultations, d'hésitations, de tergiversations, vous vous précipitez dans une reculade.

Comment! je puis écrire que M. le lieutenant-colonel du Paty de Clam a été l'ouvrier diabolique d'une erreur judiciaire, en inconscient peut-être, et qu'il a défendu son œuvre par les machinations les plus coupables, je puis le dire, et on n'ose pas, pour l'avoir écrit, me poursuivre.

Je puis écrire que le général Mercier s'est rendu complice d'une des plus grandes iniquités du siècle, et on n'ose pas, pour l'avoir écrit, me poursuivre.

Je puis écrire que vous, monsieur le général Billot, vous avez eu entre les mains les preuves certaines de l'innocence de Dreyfus, que vous les avez étouffées, que vous vous êtes rendu coupable de ce crime de lèse-humanité et de lèse-justice, dans un but politique et pour sauver l'état-major. Et vous n'osez pas, vous, ministre de la Guerre, pour l'avoir écrit, me poursuivre.

Je puis écrire que le général de Boisdeffre et le général

Gonse se sont rendus complices du même crime, et on n'ose pas, pour l'avoir écrit, me poursuivre.

Je puis écrire que le général de Pellieux et le commandant Ravary avaient fait une enquête scélérate, et on n'ose pas, pour l'avoir écrit, me poursuivre.

Je puis écrire que les trois experts en écritures, les sieurs Belhomme, Varinard et Couard, avaient fait des rapports mensongers et frauduleux, et n'osant pas, pour l'avoir écrit, me poursuivre en Cour d'assises, on torture la loi et on m'assigne en police correctionnelle.

Je puis écrire que les bureaux de la Guerre avaient mené dans la presse une campagne abominable afin d'égarer l'opinion et de couvrir leurs fautes, et l'on n'ose pas, pour l'avoir écrit, me poursuivre.

J'ai dit ces choses, et je les maintiens. Est-il vraiment possible que vous n'acceptiez pas la discussion sur des accusations aussi nettement formulées, non moins graves pour l'accusateur que pour les accusés.

Je croyais trouver devant moi M. le colonel du Paty de Clam, M. le général Mercier, M. le général de Boisdeffre et M. le général Gonse, M. le général de Pellieux et M. le commandant Ravary, avec les trois experts en écritures.

J'ai attaqué loyalement, sous le regard de tous: on n'ose me répondre que par les outrages des journaux stipendiés et que par les vociférations des bandes que les cercles catholiques lâchent dans la rue. Je prends acte de cette obstinée volonté de ténèbres, mais je vous avertis, en toute loyauté, qu'elle ne vous servira de rien.

Pourquoi vous n'avez pas osé relever toutes mes accusations, je vais vous le dire:

Redoutant le débat dans la lumière, vous avez recours,

pour vous sauver, à des moyens de procureur. On vous a découvert, dans la loi du 29 juillet 1881, un article 52 qui ne me permet d'offrir la preuve que des faits « *articulés et qualifiés dans la citation* ».

Et maintenant vous voilà bien tranquille, n'est-ce pas?

Contre le colonel du Paty de Clam, contre le général Mercier, contre le général de Boisdeffre et le général Gonse, contre le général de Pellieux et le commandant Ravary, contre vos experts et contre vous-même, vous pensez que je ne pourrai pas faire la preuve.

Eh bien! vous vous trompez, je vous en avertis d'avance: on vous a mal conseillé.

On avait songé d'abord à me traduire en police correctionnelle; et l'on n'a point osé, car la Cour de cassation aurait culbuté toute la procédure.

Ensuite, on a eu la pensée de traîner les choses en longueur par une instruction, mais on a craint de donner ainsi un nouveau développement à l'Affaire et d'accumuler contre vous une masse écrasante de témoignages méthodiquement enregistrés.

Enfin, en désespoir de cause, on a décidé de m'imposer une lutte inégale, en me ligotant d'avance, pour vous assurer, par des procédés de basoche, la victoire que vous n'attendez sans doute pas d'un libre débat.

Vous avez oublié que je vais avoir pour juges douze citoyens français, dans leur indépendance.

Je saurai vaincre par la force de la justice, je ferai la lumière dans les consciences par l'éclat de la vérité. On verra, dès les premiers mots, les arguties procédurières balayées par l'impérieuse nécessité de la preuve. Cette preuve, la loi m'ordonne de la faire, et la loi serait menteuse si, m'imposant ce devoir, elle m'en réfutait le moyen.

Comment ferais-je la preuve des accusations que vous relevez contre moi, si je ne pouvais montrer l'enchaînement des faits et si l'on m'empêchait de mettre toute l'affaire en pleine clarté?

La liberté de la preuve, voilà la force où je m'attache.

Emile Zola,
L'Aurore, 22 janvier 1898

II

UNE NOUVELLE IGNOMINIE

Mon intention formelle était de me taire jusqu'au nouveau procès qui doit se juger à Versailles. Je trouvais cela correct; et, d'ailleurs, ce que j'ai à dire maintenant, je me réserve de le dire à mes juges.

Mais, dans la guerre au couteau qui m'est faite pour ma grande faute d'avoir simplement voulu la vérité et la justice, il vient de se commettre une nouvelle ignominie, qui soulève ma conscience d'un tel cri d'indignation, que j'ai besoin de le jeter, ce cri, à tous les honnêtes gens de France et du monde entier.

On se rappelle, lors du premier procès, le choix long et pénible que le ministre de la Guerre avait fait, parmi les sept à huit cents lignes de ma « Lettre au Président de la République », des quinze lignes qu'il s'agissait de déférer à la Cour d'assises, sans courir le risque redouté d'explications franches et de pleine lumière. La preuve, la terrible preuve, telle était l'épouvante; et le problème à résoudre était de m'empêcher de faire la preuve, malgré la loi formelle, tout en gardant du délit l'indispensable pour obtenir une condamnation. Le petit jeu consistait à se mettre à l'abri derrière un article qui ne permet la preuve que des faits relevés dans l'assignation. De là, les quinze lignes extraites avec soin, de façon à limiter mon droit, à m'empêcher de prouver, par exemple, l'illégalité certaine qui a fait de la condamnation de Dreyfus la plus monstrueuse des iniquités. Et cette hypocrisie flagrante dans les poursuites, cette basse procédure de jésuitisme et d'obscurité avait indigné déjà tous les esprits justes.

Eh bien! pour le second procès, la manœuvre est plus honteuse, plus abominable encore. Car il paraît que le premier travail d'élimination avait été fait d'une façon trop honnête. On avait accepté trop de mots, trop de lignes de ma lettre; on avait, sans le vouloir, laissé des portes par lesquelles pouvait pénétrer l'éblouissante lumière de la vérité; et quel désastre, si la question des pièces secrètes avait pu être posée à certains témoins, qui en auraient affirmé la communication au conseil de guerre de 94, en dehors de l'accusé et de la défense! Nos adversaires doivent en frissonner, depuis qu'ils ont lu, dans le rapport de M. le conseiller Chambareaud, la façon dont nous aurions dû nous y prendre pour user de notre droit, qui était, en nous appuyant sur les termes de l'assignation eux-mêmes, de prouver l'innocence de Dreyfus, comme nous avons prouvé la culpabilité d'Esterhazy.

Effroyable péril! Puisqu'on nous poursuivait de nouveau, nous allions donc user de ce droit. C'était l'illégalité constatée, la révision certaine, cette révision que la Cour de cassation attend. Et que faire pour reculer encore, pour échapper à cette menace de lumière, pour nous garrotter davantage, de façon à nous frapper en toute sécurité, sans nous permettre un mouvement? Oh! c'est bien simple: rogner encore, ne garder de mes quinze lignes que trois lignes, ne prendre de mes six colonnes d'accusations que ce membre de phrase: « Un conseil de guerre vient par ordre d'oser acquitter un Esterhazy, soufflet suprême à toute vérité, à toute justice. »

Oui, ils en sont descendus jusque-là, à cette manœuvre indigne d'isoler quelques mots; et tout cela pour m'attendre à ce guet-apens, où ils espèrent m'étrangler, sans que je puisse jeter un cri. Eh bien! je dis que ces façons d'appeler les gens en justice ressemblent fort à des assassinats. On ne commence pas par bâillonner les gens, lorsqu'on les convoque pour se défendre. Je dénonce à la France, je dénonce à l'univers civilisé cette ignominie nouvelle, l'aveu et la reculade qui s'étalent cyniquement dans le choix des trois lignes de la nouvelle assignation, extraites des quinze lignes de la première. Pourquoi donc n'en avoir gardé que trois, si ce n'est dans la terreur de voir les autres me permettre de faire la preuve de ma droiture et de ma bonne foi? Et j'ajoute que de telles manières d'agir, plus tard, quand l'Histoire les dira, soulèveront l'exécration du monde entier.

Alors, maintenant, les voilà bien tranquilles. Ils rient et se frottent les mains. Grand merci à M. le conseiller Chambareaud, qui les a prévenus! Bâillonnés et garrottés, les accusés et leurs défenseurs! Plus moyen de parler de Dreyfus, de son innocence, de l'effroyable illégalité dont il est la victime! La Cour de cassation peut attendre, la révision du procès n'est pas pour demain. Et ils exultent!

Moi, à leur place, je ne serais pas si rassuré. Trois lignes, c'est encore beaucoup. Je dirai même que c'est trop. Qui sait, dans ces trois lignes, s'il ne va pas brusquement se déclarer une fenêtre, laissant passer le libre soleil? « Un Esterhazy » me semble menaçant. Et puis, que dites-vous

237

de « soufflet suprême à toute vérité, à toute justice? » Est-ce que cela ne contient pas aussi bien l'affaire Dreyfus que l'affaire Esterhazy? Décidément, s'il y a un troisième procès, ce qui est fort possible, il faudra s'en tenir à une seule ligne; et encore un seul mot serait d'un choix plus prudent.

Ainsi, voilà toute la louche invention que ces gens ont trouvée pour arrêter la vérité en marche. Et, du coup, ils s'imaginent peut-être nous avoir anéantis, nous avoir fermé la bouche à jamais. Ils sont fous, les furies galopent désormais derrière eux et leur soufflent la démence. Mesurez donc le chemin que la vérité a fait en quelques semaines. La vérité! mais rien ne peut la vaincre; elle est l'indomptable, l'inexpugnable, elle sortira davantage du silence même où l'on cherche à nous murer! Mais, si l'on me condamne, elle renaîtra plus large et plus farouche de l'abomination même de la peine dont on me frappera! Mais, derrière moi, si l'on me supprime, elle soulèvera les pavés, elle fera pousser de chacun d'eux un vengeur du droit opprimé, souffleté! Mais si ce n'est demain, dans un mois, dans un an, dans dix ans, elle clouera au poteau d'infamie tous ceux qui ont travaillé pour le mensonge et la violence, contre la vérité et la justice!

Ah! les pauvres gens, quelle nausée, quel dégoût! Et dire qu'ils sont là un tas à se salir les mains pour envoyer en prison un homme qui n'a rêvé que d'humanité et d'équité.

Emile Zola,
L'Aurore, 14 avril 1898

Achevé d'imprimer
en août 1988
sur les presses
de l'imprimerie Gedit
en Belgique (CEE)

ISBN 2-87027-263-4
D/1638/1988/26

 n° 279